莎士比亚全集·中文本（典藏版）
William Shakespeare: Complete Works

［英］威廉·莎士比亚（William Shakespeare） 著
辜正坤 主编／彭镜禧 译

皆 大 欢 喜

As You Like It

外语教学与研究出版社
北京

京权图字：01-2016-5000

图书在版编目（CIP）数据

皆大欢喜／（英）威廉·莎士比亚（William Shakespeare）著；彭镜禧译.
北京：外语教学与研究出版社，2024. 6. --（莎士比亚全集／辜正坤主编）.
ISBN 978-7-5213-5327-3

Ⅰ. Ⅰ561.33
中国国家版本馆 CIP 数据核字第 2024DR7078 号

皆大欢喜
JIEDAHUANXI

出 版 人　王　芳
项目负责　邢印姝　郭芮萱
责任编辑　李　鑫
责任校对　李旭洁
封面设计　张　潇
出版发行　外语教学与研究出版社
社　　址　北京市西三环北路 19 号（100089）
网　　址　https://www.fltrp.com
印　　刷　三河市北燕印装有限公司
开　　本　710×1000　1/16
印　　张　10
字　　数　160 千字
版　　次　2024 年 6 月第 1 版
印　　次　2024 年 6 月第 1 次印刷
书　　号　ISBN 978-7-5213-5327-3
定　　价　68.00 元

如有图书采购需求，图书内容或印刷装订等问题，侵权、盗版书籍等线索，请拨打以下电话或关注官方服务号：
客服电话：400 898 7008
官方服务号：微信搜索并关注公众号"外研社官方服务号"
外研社购书网址：https://fltrp.tmall.com

物料号：353270001

出版说明

1623 年，莎士比亚的演员同僚们倾注心血结集出版了历史上第一部《莎士比亚全集》——著名的第一对开本，这是三百多年来许多导演和演员最为钟爱的莎士比亚文本。2007 年，由英国皇家莎士比亚剧团（Royal Shakespeare Company）推出的《莎士比亚全集》，则是对第一对开本首次全面的修订。

本套《莎士比亚全集》新汉译本，正是依据当今莎学界最负声望的皇家版《莎士比亚全集》翻译而成。译本的凡例说明如下：

一、**文体**：剧文有诗体和散体之分。未及最右行末即转行的为诗体。文字连排、直至最右行末转行的，则为散体。

二、**舞台提示**：

1）角色的上场与下场及其他舞台提示以仿宋体排出，穿插于剧文中的舞台提示以圆括号进行标注，如：(对亨利王子)。

2）舞台提示中的特殊符号。译本所依据的皇家版《莎士比亚全集》的编辑者对舞台提示中的不确定情形以特殊符号予以标注，译本亦保留了这些符号：如（旁白？）表示某行剧文既可作为旁白，亦可当作对话；又如某个舞台活动置于箭头↓↓之间，表示它可发生在一场戏中的多个不同时刻。

三、**脚注**：脚注中除标注有"译者附注"字样的，均译自或改编自皇家版《莎士比亚全集》注释。脚注多为对剧文中背景知识及专名的解释，以使读者更好地理解剧情；亦包含部分与英文原文相关的脚注，以使读者在品味译者的佳文时，亦体验到英文原文的精妙。

四、文本：译本以第一对开本为蓝本，部分剧目中四开本与之明显相异的段落亦有译出，附于正文之后，供读者参考。

此《莎士比亚全集》新汉译本历经策划、翻译、编辑加工和印装等工序，各个环节的参与者均竭尽全力，力求完美，但由于水平、精力所限，难免有所错漏，敬请广大读者赐教指正。

外语教学与研究出版社

综合出版事业部

莎士比亚诗体重译集序

辜正坤

他非一代骚人，实属万古千秋。

这是英国大作家本·琼森（Ben Jonson）在第一部《莎士比亚全集》（*Mr. William Shakespeares Comedies, Histories, & Tragedies*, 1623）扉页上题诗中的诗行。三百多年来，莎士比亚在全球逐步成为一个家喻户晓的名字，似乎与这句预言在在呼应。但这并非偶然言中，有许多因素可以解释莎士比亚这一巨大的文化现象产生的必然性。最关键的，至少有下面几点。

首先，其作品内容具有惊人的多样性。世界上很难有第二个作家像莎士比亚这样能够驾驭如此广阔的题材。他的作品内容几乎无所不包，称得上英国社会的百科全书。帝王将相、走卒凡夫、才子佳人、恶棍屠夫……一切社会阶层都展现于他的笔底。从海上到陆地，从宫廷到民间，从国际到国内，从灵界到凡尘……笔锋所指，无处不至。悲剧、喜剧、历史剧、传奇剧，叙事诗、抒情诗……都成为他显示天才的文学样式。从哲理的韵味到浪漫的爱情，从盘根错节的叙述到一唱三叹的诗思，波涛汹涌的情怀，妙夺天工的笔触，凡开卷展读者，无不为之拊掌称绝。即使只从莎士比亚使用过的海量英语词汇来看，也令人产生仰之弥高的感觉。德国语言学家马克斯·缪勒（Max Müller）原以为莎士比亚使用过的词汇最多为 15,000 个，事后证明这当然是小看了语言大师的词汇储藏量。美国教授爱德华·霍尔登（Edward Holden）经过一番考察后，认为

至少达 24,000 个。可是他哪里知道，这依然是一种低估。有学者甚至声
称用电脑检索出莎士比亚用的词汇多达 43,566 个！当然，这些数据还不
是莎士比亚作品之所以产生空前影响的关键因素。

其次，但也许是更重要的原因：他的作品具有极高的娱乐性。文学
作品的生命力在于它能寓教于乐。莎士比亚的作品不是枯燥的说教，而
是能够给予读者或观众极大艺术享受的娱乐性创造物，往往具有明显的
煽情效果，有意刺激人的欲望。这种艺术取向当然不是纯粹为了娱乐而
娱乐，掩藏在背后的是当时西方人强有力的人本主义精神，即用以人为
本的价值观来对抗欧洲上千年来以神为本的宗教价值观。重欲望、重娱
乐的人本主义倾向明显对重神灵、重禁欲的神本主义产生了极大的挑战。
当然，莎士比亚的人本主义与中国古人所主张的人本主义有很大的区别。
要而言之，前者在相当大的程度上肯定了人的本能欲望或原始欲望的正
当性，而后者则主要强调以人的仁爱为本规范人类社会秩序的高尚的道
德要求。二者都具有娱乐效果，但前者具有纵欲性或开放性娱乐效果，
后者则具有节欲性或适度自律性娱乐效果。换句话说，对于 16、17 世纪
的西方人来说，莎士比亚的作品暗中契合了试图挣脱过分禁欲的宗教教
义的约束而走向个性解放的千百万西方人的娱乐追求，因此，它会取得
巨大成功是势所必然的。

第三，时势造英雄。人类其实从来不缺善于煽情的作手或视野宏阔
的巨匠，缺的常常是时势和机遇。莎士比亚的时代恰恰是英国文艺复兴
思潮达到鼎盛的时代。禁欲千年之久的欧洲社会如堤坝围裹的宏湖，表
面上浪静风平，其底层却汹涌着决堤的纵欲性暗流。一旦湖堤洞开，飞
涛大浪呼卷而下，浩浩汤汤，汇作长河，而莎士比亚恰好是河面上乘势
而起的弄潮儿，其迎合西方人情趣的精湛表演，遂赢得两岸雷鸣般的喝
彩声。时势不光涵盖社会发展的总趋势，也牵连着别的因素。比如说，
文学或文化理论界、政治意识形态对莎士比亚作品理解、阐释的多样性

与莎士比亚作品本身内容的多样性产生相辅相成的效果。"说不尽的莎士比亚"成了西方学术界的口头禅。西方的每一种意识形态理论，尤其是文学理论，要想获得有效性，都势必会将阐释莎士比亚的作品作为试金石。17 世纪初的人文主义，18 世纪的启蒙主义，19 世纪的浪漫主义，20世纪的现实主义或批判现实主义，都不同程度地、选择性地把莎士比亚作品作为阐释其理论特点的例证。也许 17 世纪的古典主义曾经阻遏过西方人对莎士比亚作品的过度热情，但是 19 世纪的浪漫主义流派却把莎士比亚作品推崇到无以复加的崇高地位，莎士比亚俨然成了西方文学的神灵。20 世纪以来，西方资本主义阵营和社会主义阵营可以说在意识形态的各个方面都互相对立，势同水火，可是在对待莎士比亚的问题上，居然有着惊人的共识与默契。不用说，社会主义阵营的立场与社会主义理论的创始人马克思（Karl Marx）、恩格斯（Friedrich Engels）个人的审美情趣息息相关。马克思一家都是莎士比亚的粉丝；马克思称莎士比亚为"人类最伟大的天才之一，人类文学奥林波斯山上的宙斯"！他号召作家们要更加莎士比亚化。恩格斯甚至指出："单是《快乐的温莎巧妇》[1]的第一幕就比全部德国文学包含着更多的生活气息。"不用说，这些话多多少少有某种程度的文学性夸张，但对莎士比亚的崇高地位来说，却无疑产生了极大的推动作用。

第四，1623 年版《莎士比亚全集》奠定莎士比亚崇拜传统。这个版本即眼前译本所依据的皇家版《莎士比亚全集》（*The RSC William Shakespeare: Complete Works*, 2007）的主要内容。该版本产生于莎士比亚去世的第七年。莎士比亚的舞台同仁赫明奇（John Heminge）和康德尔（Henry Condell）整理出版了第一部莎士比亚戏剧集。当时的大学者、大

1　英文剧名为 The Merry Wives of Windsor，朱生豪先生译作《温莎的风流娘儿们》；重译本综合考虑剧情和英文书名，译作《快乐的温莎巧妇》。

作家本·琼森为之题诗，诗中写道："他非一代骚人，实属万古千秋。"这个调子奠定了莎士比亚偶像崇拜的传统。而这个传统一旦形成，后人就难以反抗。英国文学中的莎士比亚偶像崇拜传统已经形成了一种自我完善、自我调整、自我更新的机制。至少近两百年来，莎士比亚的文学成就已被宣传成世界文学的顶峰。

第五，现在署名"莎士比亚"的作品很可能不只是莎士比亚一个人的成果，而是凝聚了当时英国若干戏剧创作精英的团体努力。众多大作家的智慧浓缩在以"莎士比亚"为代号的作品集中，其成就的伟大性自然就获得了解释。当然，这最后一点只是莎士比亚研究界若干学者的研究性推测，远非定论。有的莎士比亚著作爱好者害怕一旦证明莎士比亚不是署名为"莎士比亚"的著作的作者，莎士比亚的著作便失去了价值，这完全是杞人忧天。道理很简单，人们即使证明了《红楼梦》的作者不是曹雪芹，或《三国演义》的作者不是罗贯中，也丝毫不影响这些作品的伟大价值。同理，人们即使证明了《莎士比亚全集》不是莎士比亚一个人创作的，也丝毫不会影响《莎士比亚全集》是世界文学中的伟大作品这个事实，反倒会更有力地证明这个事实，因为集体的智慧远胜于个人。

皇家版《莎士比亚全集》译本翻译总思路

横亘于前的这套新译本，是依据当今莎学界最负声望的皇家版《莎士比亚全集》进行翻译的，而皇家版又正是以本·琼森题过诗的 1623 年版《莎士比亚全集》为主要依据。

这套译本是在考察了中国现有的各种译本后，根据新的历史条件和新的翻译目的打造出来的。其总的翻译思路是本套译本主编会同外语教学与研究出版社的相关领导和责任编辑讨论的结果。总起来说，皇家版《莎士比亚全集》译本在翻译思路上主要遵循了以下几条：

1. 版本依据。如上所述，本版汉译本译文以英国皇家版《莎士比亚全集》为基本依据。但在翻译过程中，译者亦酌情参阅了其他版本，以增进对原作的理解。

2. 翻译内容包括：内页所含全部文字。例如作品介绍与评论、正文、注释等。

3. 注释处理问题。对于注释的处理：1）翻译时，如果正文译文已经将英文版某注释的基本含义较准确地表达出来了，则该注释即可取消；2）如果正文译文只是部分地将英文版对应注释的基本含义表达出来，则该注释可以视情况部分或全部保留；3）如果注释本身存疑，可以在保留原注的情况下，加入译者的新注。但是所加内容务必有理有据。

4. 翻译风格问题。对于风格的处理：1）在整体风格上，译文应该尽量逼肖原作整体风格，包括以诗体译诗体，以散体译散体；2）在具体的文字传输处理上，通常应该注重汉译本身的文字魅力，增强汉译本的可读性。不宜太白话，不宜太文言；文白用语，宜尽量自然得体。句子不要太绕，注意汉语自身表达的句法结构，尤其是其逻辑表达方式。意义的异化性不等于文字形式本身的异化性，因此要注意用汉语的归化性来传输、保留原作含义的异化性。朱生豪先生的译本语言流畅、可读性强，但可惜不是诗体，有违原作形式。当下译本是要在承传朱先生译本优点的基础上，根据新时代的读者审美趣味，取得新的进展。梁实秋先生等的译本，在达意的准确性上，比朱译有所进步，也是我们应该吸纳的优点。但是梁译文采不足，则须注意避其短。方平先生等的译本，也把莎士比亚翻译往前推进了一步，在进行大规模诗体翻译方面作出了宝贵的尝试，但是离真正的诗体尚有距离。此外，前此的所有译本对于莎士比亚原作的色情类用语都有程度不同的忽略，本套皇家版译本则尽力在此方面还原莎士比亚的本真状态（论述见后文）。其他还有一些译本，亦都应该受到我们的关注，处理原则类推。每种译本都有自己独特的东西。我们希望美的译文是这套译本的突出特点。

5. 借鉴他种汉译本问题。凡是我们曾经参考过的较好的译本，都在适当的地方加以注明，承认前辈译者的功绩。借鉴利用是完全必要的，但是要正大光明，避免暗中抄袭。

6. 具体翻译策略问题特别关键，下文将其单列进行陈述。

莎士比亚作品翻译领域大转折：真正的诗体译本

莎士比亚首先是一个诗人。莎士比亚的作品基本上都以诗体写成。因此，要想尽可能还原本真的莎士比亚，就必须将莎士比亚作品翻译成为诗体而不是散文，这在莎学界已经成为共识。但是紧接而来的问题是：什么叫诗体？或需要什么样的诗体？

按照我们的想法：1）所谓诗体，首先是措辞上的诗味必须尽可能浓郁；2）节奏上的诗味（包括分行）等要予以高度重视；3）结合中国人的审美习惯，剧文可以押韵，也可以不押韵。但不押韵的剧文首先要满足前两个要求。

本全集翻译原计划由笔者一个人来完成。但是，莎士比亚的创作具有惊人的多样性，其作品来源也明显具有莎士比亚时代若干其他作家与作品的痕迹，因此，完全由某一个译者翻译成一种风格，也许难免偏颇，难以和莎士比亚风格的多样性相呼应。所以，集众人的力量来完成大业，应该更加合理，更加具有可操作性。

具体说来，新时代提出了什么要求？简而言之，就是用真正的诗体翻译莎士比亚的诗体剧文。这个任务，是朱生豪先生无法完成的。朱先生说过，他在翻译莎士比亚作品时，"当然预备全部用散文译出，否则将要了我的命"。[1] 显然，朱先生也考虑过用诗体来翻译莎士比亚著作的问题，但是他的结论是：第一，靠单独一个人用诗体翻译《莎士比亚全集》是办不到的，会因此累死；第二，他用散文翻译也是不得已的办法，因为只有这样他才有可能在有生之年完成《莎士比亚全集》的翻译工作。

将《莎士比亚全集》翻译成诗体比翻译成散文体要难得多。难到什么程度呢？和朱生豪先生的翻译进度比较一下就知道了。朱先生翻译得最快的时候，一天可以翻译一万字。[2] 为什么会这么快？朱先生才华过人，这当然是一个因素，但关键因素是：他是用散文翻译的。用真正的诗体就不一样了。以笔者自己的体验，今日照样用散文翻译莎士比亚剧本，最快时也可达到每日一万字。这是因为今日的译者有比以前更完备的注释本和众多的前辈汉译本作参考，至少在理解原著时，要比朱先生当年省力得多，所以翻译速度上最高达到一万字是不难的。但是翻译成诗体就是另外一回事了。这比自己写诗还要难得多。写诗是自己随意发挥，译诗则必须按照别人的意思发挥，等于是戴着镣铐跳舞。笔者自己写诗，诗兴浓时，一天数百行都可以写得出来，但是翻译诗，一天只能是几十行，统计成字数，往往还不到一千字，最多只是朱生豪先生散文翻译速度的十分之一。梁实秋先生翻译《莎士比亚全集》用的也是散文，但是也花了 37 年，如果要翻译成真正的诗体，那么至少得 370 年！由此可见，真正的诗体《莎士比亚全集》汉译本的诞生，有多么艰难。此次笔者约稿的各位译者，都是用诗体翻译，并且都表示花费了大量的时间，

---

1 见朱生豪大约在 1936 年夏致宋清如信："今天下午，我试译了两页莎士比亚，还算顺利，不过恐怕终于不过是 Poor Stuff 而已。当然预备全部用散文译出，否则将要了我的命。"（《伉俪：朱生豪宋清如诗文选》下卷，中国青年出版社，2013 年，第 94 页）

2 朱生豪："今天因为提起了精神，却很兴奋，晚上译了六千字，今天一共译一万字。"（同上，第 101 页）

皇家版《莎士比亚全集》译本凝聚了诸位译者的多少努力，也就不言而喻了。

翻译诗体分辨：不是分了行就是真正的诗

主张将莎士比亚剧作翻译成诗体成了共识，但是什么才是诗体，却缺乏共识。在白话诗盛行的时代，许多人只是简单地认定分了行的文字就是诗这个概念。分行只是一个初级的现代诗要求，甚至不必是必然要求，因为有些称为诗的文字甚至连分行形式都没有。不过，在莎士比亚作品的翻译上，要让译文具有诗体的特征，首先是必定要分行的，因为莎士比亚原作本身就有严格的分行形式。这个不用多说。但是译文按莎士比亚的方式分了行，只是达到了一个初级的低标准。莎士比亚的剧文读起来像不像诗，还大有讲究。

卞之琳先生对此是颇有体会的。他的译本是分行式诗体，但是他自己也并不认为他译出的莎士比亚剧本就是真正的诗体译本。他说：读者阅读他的译本时，"如果……不感到是诗体，不妨就当散文读，就用散文标准来衡量"。[1] 这是一个诚实的译者说出的诚实话。不过，卞先生很谦虚，他有许多剧文其实读起来还是称得上诗体的。原因是什么？原因是他注意到了笔者上文提到的两点：第一，诗的措辞；第二，诗的节奏。只不过他迫于某些客观原因，并没有自始至终侧重这方面的追求而已。

显然，一些译本翻译了莎士比亚的剧文，在行数上靠近莎士比亚原作，措辞也还流畅。这些是不是就是理想的诗体莎士比亚译本呢？笔者认为，这还不够。什么是诗，对于中国人来说有几千年的历史，我们不

1　卞之琳:《莎士比亚悲剧四种》，方志出版社，2007 年，第 4 页。

能脱离这个悠久的传统来讨论这个问题。为此，我们不得不重新提到一些基本概念：什么是诗？什么是诗歌翻译？

诗歌是语言艺术，诗歌翻译也就必须是语言艺术

讨论诗歌翻译必须从讨论诗歌开始。

诗主情。诗言志。诚然。但诗歌首先应该是一种精妙的语言艺术。同理，诗歌的翻译也就不得不首先表现为同类精妙的语言艺术。若译者的语言平庸而无光彩，与原作的语言艺术程度差距太远，那就最多只是原诗含义的注释性文字，算不得真正的诗歌翻译。

那么，何谓诗歌的语言艺术？

无他，修辞造句、音韵格律一整套规矩而已。无规矩不成方圆，无限制难成大师。奥运会上所有的技能比赛，无不按照特定的规矩来显示参赛者高妙的技能。德国诗人歌德（Johann Wolfgang von Goethe）《自然和艺术》（"Natur und Kunst"）一诗最末两行亦彰扬此理：

非限制难见作手，

唯规矩予人自由。[1]

艺术家的"自由"，得心应手之谓也。诗歌既为语言艺术，自然就有一整套相应的语言艺术规则。诗人应用这套规则时，一旦达到得心应手的程度，那就是达到了真正成熟的境界。当然，规矩并非一点都不可打破，但只有能够将规矩使用到随心所欲而不逾矩的程度的人，才真正有资格去创立新规矩，丰富旧规矩。创新是在承传旧规则长处的基础上来进行的，而不是完全推翻旧规则，肆意妄为。事实证明，在语言艺术上

---

1 In der Beschränkung zeigt sich erst der Meister, / Und das Gesetz nur kann uns Freiheit geben. 参见 http://www.business-it.nl/files/7d413a5dca62fc735a072b16fbf050b1-27.php.

凡无视积淀千年的诗歌语言规则，随心所欲地巧立名目、乱行胡来者，永不可能在诗歌语言艺术上取得大的成就，所以歌德认为：

若徒有放任习性，

则永难至境遨游。[1]

诗歌语言艺术如此需要规则，如此不可放任不羁，诗歌的翻译自然也同样需要相类似的要求。这个要求就是笔者前面提出的主张：若原诗是精妙的语言艺术，则理论上说来，译诗也应是同类精妙的语言艺术。

但是，"同类"绝非"同样"。因为，由于原作和译作使用的语言载体不一样，其各自产生的语言艺术规则和效果也就各有各的特点，大多不可同样复制、照搬。所以译作的最高目标，是尽可能在译入语的语言艺术领域达到程度大致相近的语言艺术效果。这种大致相近的艺术效果程度可叫作"最佳近似度"。它实际上也就是一种翻译标准，只不过针对不同的文类，最佳近似度究竟在哪些因素方面可最佳程度地（并不一定是最大程度地）取得近似效果，不是一成不变的，而是具有高度的灵活性。不同的文类，甚至针对不同的受众，我们都可以设定不同的最佳近似度。这点在拙著《中西诗比较鉴赏与翻译理论》（清华大学出版社，2010 年）的相关章节中有详细的厘定，此不赘。

话与诗的关系：话不是诗

古人的口语本来就是白话，与现在的人说的口语是白话一个道理。

---

1 Vergebens werden ungebundene Geister / Nach der Vollendung reiner Höhe streben. 参 见 http://www.cosmiq.de/qa/show/3454062/Vergebens-werden-ungebundne-Geister-Nach-der-Vollendung-reiner-Hoehe-streben-Was-ist-die-Bedeutung-dieser-2-Verse-Ich-komm-nicht-drauf/t.

正因为白话太俗，不够文雅，古人慢慢将白话进行改进，使它更加规范、更加准确，并且用语更加丰富多彩，于是文言产生。在文言的基础上，还有更文的文字现象，那就是诗歌，于是诗歌产生。所以就诗歌而言，文言味实际上就是一种特殊的诗味。文言有浅近的文言，也有佶屈聱牙的文言。中国传统诗歌绝大多数是浅近的文言，但绝非口语、白话。诗中有话的因素，自不待言，但话的因素往往正是诗试图抑制的成分。

文言和诗歌的产生是低俗的口语进化到高雅、准确层次的标志。文言和诗歌的进一步发展使得语言的艺术性愈益增强。最终，文言和诗歌完成了艺术性语言的结晶化定型。这标志着古代文学和文学语言的伟大进步。《诗经》、楚辞、唐诗、宋词、元明戏曲，以及从先秦、汉、唐、宋、元至明清的散文等，都是中国语言艺术逐步登峰造极的明证。

人们往往忘记：话不是诗，诗是话的升华。话据说至少有**几十万年**的历史，而诗却只有**几千年**的历史。白话通过漫长的岁月才升华成了诗。因此，从理论上说，白话诗不是最好的诗，而只是低层次的、初级的诗。当一行文字写得不像是话时，它也许更像诗。"太阳落下山去了"是话，硬说它是诗，也只是平庸的诗，人人可为。而同样含义的"白日依山尽"不像是话，却是真正的诗，非一般人可为，只有诗人才写得出。它的语言表达方式与一般人的通用白话脱离开来了，实现了与通用语的偏离（deviation from the norm）。这里的通用语指人们天天使用的白话。试想把唐诗宋词译成白话，还有多少诗味剩下来？

谢谢古代先辈们一代又一代、不屈不挠的努力，话终于进化成了诗。

但是，20世纪初一些激进的中国学者鼓荡起一场声势浩大的白话文运动。

客观说来，用白话文来书写、阅读自然科学和人文科学文献，例如哲学、政治学、伦理学、经济学等等文献，这都是**伟大的进步**。这个进步甚至可以上溯到八百多年前朱熹等大学者用白话体文章传输理学思想。
对此笔者非常拥护，非常赞成。

但是约一百年前的白话诗运动却未免走向了极端，事实上是一种语言艺术方面的倒退行为。已经高度进化的诗词曲形式被强行要求返祖回归到三千多年前的类似白话的状态，已经高度语言艺术化了的诗被强行要求退化成话。艺术性相对较低的白话反倒成了正统，艺术性较高的诗反倒成了异端。其实，容许口语类白话诗和文言类诗并存，这才是正确的选择。但一些激进学者故意拔高白话地位，在诗歌创作领域搞成白话至上主义，这就走上了极端主义道路。

这个运动影响到诗歌翻译的结果是什么呢？结果是西方所有的大诗人，不论是古代的还是近代的，如荷马（Homer）、但丁（Dante）、莎士比亚、歌德、雨果（Victor Hugo）、普希金（Alexander Pushkin）……都莫名其妙地似乎用同一支笔写出了 20 世纪初才出现的味道几乎相同的白话文汉诗！

将产生这种极端性结果的原因再回推，我们会清楚地明白，当年的某些学者把文学艺术简单雷同于人文社会科学，误解了文学艺术，尤其是诗歌艺术的特殊性质，误以为诗就是话，混淆了诗与话的形式因素。

针对莎士比亚戏剧诗的翻译对策

由上可知，莎士比亚的剧文既然大多是格律诗，无论有韵无韵，它们都是诗，都有格律性。因此在汉译中，我们就有必要显示出它具有格律性，而这种格律性就是诗性。

问题在于，格律性是附着在语言形式上的；语言改变了，附着其上的格律性也就大多会消失。换句话说，格律大多不可复制或模仿，这就正如用钢琴弹不出二胡的效果，用古筝奏不出黑管的效果一样。但是，原作的内在旋律是可以模仿的，只是音色变了。原作的诗性是可以换个形式营造的，这就是利用汉语本身的语言特点营造出大略类似的语言艺术审美效果。

由于换了另外一种语言媒介，原作的语音美设计大多已经不能照搬、复制，甚至模拟了，那么我们就只好断然舍弃掉原作的许多语音美设计，而代之以译入语自身的语言艺术结构产生的语音美艺术设计。当然，原作的某些语音美设计还是可以尝试模拟保留的，但在通常的情况下，大多数的语音美已经不可能传输或复制了。

利用汉语本身的语音审美特点来营造莎士比亚诗歌的汉译语音审美效果，是莎士比亚作品翻译的一个有效途径。机械照搬原作的语音审美模式多半会失败，并且在大多数的场合下也没有必要。

具体说来，这就涉及翻译莎士比亚戏剧作品时该如何处理：1）节奏；2）韵律；3）措辞。笔者主张，在这三个方面，我们都可以适当借鉴利用中国古代词曲体的某些因素。戏剧剧文中的诗行一般都不宜多用单调的律诗和绝句体式。元明戏剧为什么没有采用前此盛行的五言或七言诗行而采用了长短错杂、众体皆备的词曲体？这是一种艺术形式发展的必然。元明曲体由于要更好更灵活地满足抒情、叙事、论理等诸多需要，故借用发展了词的形式，但不是纯粹的词，而是融入了民间语汇。词这种形式涵盖了一言、二言、三言、四言、五言、六言、七言、八言……乃至十多言的长短句式，因此利于表达变化莫测的情、事、理。从这个意义上看，莎士比亚剧文语言单位的参差不齐状态与中文词曲体句式的参差不齐状态正好有某种相互呼应的效果。

也许有人说，莎士比亚的剧文虽然是格律诗，但并不怎么押韵，因此汉诗翻译也就不必押韵。这个说法也有一定道理，但是道理并不充实。

首先，我们应该明白，既然莎士比亚的剧文是诗体，人们读到现今的散体译文或不押韵的分行译文却难以感受到其应有的诗歌风味，原因即在于其音乐性太弱。如果人们能够照搬莎士比亚素体诗所惯常用的音步效果及由此引起的措辞特点，当然更好。但事实上，原作的节奏效果是印欧语系语言本身的效果，换了一种语言，其效果就大多不能搬用了，所以我们只好利用汉语本身的优势来创造新的音乐美。这种音乐美很难说是原作的音乐美，但是它毕竟能够满足一点：即诗体剧文应该具有诗歌应有的音乐美这个起码要求。而汉译的押韵可以强化这种音乐美。

其次，莎士比亚的剧文不押韵是由诸多因素造成的。第一，属于印欧语系语言的英语在押韵方面存在先天的多音节不规则形式缺陷，导致押韵词汇范围相对较窄。所以对于英国诗人来说，很苦于押韵难工；莎士比亚的许多押韵体诗，例如十四行诗，在押韵方面都不很工整。其次，莎士比亚的剧文虽不押韵，却在节奏方面十分考究，这就弥补了音韵方面的不足。第三，莎士比亚的剧文几乎绝大多数是诗行，对于剧作者来说，每部长达两三千行的诗行行都要押韵，这是一个极大的挑战，很难完成。而一旦改用素体，剧作者便会轻松得多。但是，以上几点对于汉语译本则不是一个问题。汉语的词汇及语音构成方式决定了它天生就是一种有利于押韵的艺术性语言。汉语存在大量同韵字，押韵是一件很容易的事情。汉语的语音音调变化也比莎士比亚使用的英语的音调变化空间大一倍以上。汉语音调至少有四种（加上轻重变化可达六至八种），而英语的音调主要局限于轻重语调两种，所以存在于印欧语系文字诗歌中的频频押韵有时会产生的单调感，在汉语中会在很大程度上由于语调的多变而得到缓解。故汉语戏剧剧文在押韵方面有很大的潜在优势空间，实际上元明戏剧剧文频频押韵就是证明。

第三，莎士比亚的剧文虽然很多不押韵，但却具极强的节奏感。他惯用的格律多半是抑扬格五音步（iambic pentameter）诗行。如果我们在节奏方面难以传达原作的音美，或者可以通过韵律的音美来弥补节奏美的丧失，这种翻译对策谓之堤内损失堤外补，亦谓失之东隅，收之桑榆。我们的语言在某方面有缺陷，可以通过另一方面的优点来弥补。当然，笔者主张在一定程度上借鉴利用传统词曲的风味，却并不主张使用宋词、元曲式的严谨格律，而只是追求一种过分散文化和过分格律化之间的妥协状态。有韵但是不严格，要适当注意平仄，但不过多追求平仄效果及诗行的整齐与否；不必有太固定的建行形式，只是根据诗歌本身的内容和情绪赋予适当的节奏与韵式。在措辞上则保持与白话有一段距离，但是绝非佶屈聱牙的文言，而是趋近典雅、但普通读者也能读懂的语言。

最后，根据翻译标准多元互补论原理，由于莎士比亚作品在内容、形式及审美效应方面具有多样性，因此，只用一种类乎纯诗体译法来翻译所有的莎士比亚剧文，也是不完美的，因为单一的做法也许无形中堵塞了其他有益的审美趣味通道。因此，这套译本的译风虽然整体上强调诗化、诗味，但是在营造诗味的途径和程度上不是单一的。我们允许诗体译风的灵活性和创新性。多译者译法实际上也是在探索诗体译法的诸多可能性，这为我们将来进一步改进这套译本铺垫了一条较宽的道路。因此，译文从严格押韵、半押韵到不押韵的各个程度，译本都有涉猎。但是，无论是否押韵，其节奏和措辞应该总是富于诗意，这个要求则是统一的。这是我们对皇家版《莎士比亚全集》译本的语言和风格要求。不能说我们能完全达到这个目标，但我们是往这个方向努力的。正是这样的努力，使这套译本与前此译本有很大的差异，在一定的意义上来说，标志着中国莎士比亚著作翻译的一次大转折。

翻译突破：还原莎士比亚作品禁忌区域

另有一个课题是中国学者从前讨论得比较少的禁忌领域，即莎士比亚著作中的性描写现象。

许多西方学者认为，莎士比亚酷爱色情字眼，他的著作渗透着性描写、性暗示。只要有机会，他就总会在字里行间，用上与性相联系的双关语。西方人很早就搜罗莎士比亚著作的此类用语，编纂了莎士比亚淫秽用语词典。这类词典还不止一种。1995 年，我又看到弗朗基·鲁宾斯坦（Frankie Rubinstein）等编纂了《莎士比亚性双关语释义词典》（*A Dictionary of Shakespeare's Sexual Puns and Their Significance*），厚达 372 页。

赤裸裸的性描写或过多的淫秽用语在传统中国文学作品中是受到非议的，尽管有《金瓶梅》这样被判为淫秽作品的文学现象，但是中国传统的主流舆论还是抑制这类作品的。莎士比亚的作品固然不是通常意义上的淫秽作品，但是它的大量实际用语确实有很强的色情味。这个极鲜明的特点恰恰被前此的所有汉译本故意掩盖或在无意中抹杀掉。莎士比亚的所有汉译者，尤其是像朱生豪先生这样的译者，显然不愿意中国读者看到莎士比亚的文笔有非常泼辣的大量使用性相关脏话的特点。这个特点多半都被巧妙地漏译或改译。于是出现一种怪现象，莎士比亚著作中有些大段的篇章变成汉语后，尽管读起来是通顺的，读者对这些话语却往往感到莫名其妙。以《罗密欧与朱丽叶》第一幕第一场前面的 30 行台词为例，这是凯普莱特家两个仆人山普孙与葛莱古里之间的淫秽对话。但是，读者阅读过去的汉译本时，很难看到他们是在说淫秽的脏话，甚至会认为这些对话只是仆人之间的胡话，没有什么意义。

不过，前此的译本对这类用语和描写的态度也并不完全一样，而是依据年代距离在逐步改变。朱生豪先生的译本对这些东西删除改动得最多，梁实秋先生已经有所保留，但还是有节制。方平先生等的译本保留得更多一些，但仍然持有相当的保留态度。此外，从英语的不同版本看，有的版本注释得明白，有的版本故意模糊，有的版本注释者自己也没有弄懂这些双关语，那就更别说中国译者了。

在这一点上，我们目前使用的皇家版《莎士比亚全集》是做得最好的。

那么，我们该怎样来翻译莎士比亚的这种用语呢？是迫于传统中国道德取向的习惯巧妙地回避，还是尽可能忠实地传达莎士比亚的本真用意？我们认为，前此的译本依据各自所处时代的中国人道德价值的接受状态，采用了相应的翻译对策，出现了某种程度的曲译，这是可以理解的，是特定历史条件下的产物。但是，历史在前进，中国人的道德观已经有了很大的改变，尤其是在性禁忌领域。说实话，无论我们怎样真实地还原莎士比亚著作中的性双关描写，比起当代文学作品中有时无所忌讳的淫秽描写来，莎士比亚还真是有小巫见大巫的感觉。换句话说，目前中国人在这方面的外来道德价值接受状态，已经完全可以接受莎士比亚著作中的性双关用语了。因此，我们的做法是尽可能真实还原莎士比亚性相关用语的现象。在通常的情况下，如果直译不能实现这种现象的传输，我们就采用注释。可以说，在这方面，目前这个版本是所有莎士比亚汉译本中做得最超前的。

译法示例

莎士比亚作品的文字具有多种风格，早期的、中期的和晚期的语言风格有明显区别，悲剧、喜剧、历史剧、十四行诗的语言风格也有区别。甚至同样是悲剧或喜剧，莎士比亚的语言风格往往也会很不相同。比如同样是属于悲剧，《罗密欧与朱丽叶》剧文中就常常有押韵的段落，而大悲剧《李尔王》却很少押韵；同样是喜剧，《威尼斯商人》是格律素体诗，而《快乐的温莎巧妇》却大多是散文体。

　　与此现象相应，我们的翻译当然也就有多种风格。虽然不完全一一
对应，但我们有意避免将莎士比亚著作翻译成千篇一律的一种文体。从
这个意义上说，皇家版《莎士比亚全集》汉译本在某些方面采用了全新
的译法。这种全新译法不是孤立的一种译法，而是力求展示多种翻译风
格、多种审美尝试。多样化为我们将来精益求精提供了相对更多的选择。
如果现在固定为一种单一的风格，那么将来要想有新的突破，就困难了。
概括说来，我们的多种翻译风格主要包括：1) 有韵体诗词曲风味译法；
2) 有韵体现代文白融合译法；3) 无韵体白话诗译法。下面依次选出若
干相应风格的译例，供读者和有关方面品鉴。

一、有韵体诗词曲风味译法

　　有韵体诗词曲风味译法注意使用一些传统诗词曲中诗味比较浓郁
的词汇，同时注意遣词不偏僻，节奏比较明快，音韵也比较和谐。但
是，它们并不是严格意义上的传统诗词曲，只是带点诗词曲的风味而已。
例如：

女巫甲　　何时我等再相逢？

　　　　　　闪电雷鸣急雨中？

女巫乙　　待到硝烟烽火静，

　　　　　　沙场成败见雌雄。

女巫丙　　残阳犹挂在西空。　　　　　　　　（《麦克白》第一幕第一场）

小丑甲　　当时年少爱风流，

　　　　　　有滋有味有甜头；

　　　　　　行乐哪管韶华逝，

　　　　　　天下柔情最销愁。　　　　　　　（《哈姆莱特》第五幕第一场）

朱丽叶　天未曙，罗郎，何苦别意匆忙？

鸟音啼，声声亮，惊骇罗郎心房。

休听作破晓云雀歌，只是夜莺唱，

石榴树间，夜夜有它设歌场。

信我，罗郎，端的只是夜莺轻唱。

罗密欧　不，是云雀报晓，不是莺歌，

看东方，无情朝阳，暗洒霞光，

流云万朵，镶嵌银带飘如浪。

星斗如烛，恰似残灯剩微芒，

欢乐白昼，悄然驻步雾嶂群岗。

奈何，我去也则生，留也必亡。

朱丽叶　听我言，天际微芒非破晓霞光，

只是金乌，吐射流星当空亮，

似明炬，今夜为郎，朗照边邦，

何愁它曼托瓦路，漫远悠长。

且稍待，正无须行色皇皇仓仓。

罗密欧　纵身陷人手，蒙斧钺加诛于刑场；

只要这勾留遂你愿，我欣然承当。

让我说，那天际灰朦，非黎明醒眼，

乃月神眉宇，幽幽映现，淡淡辉光；

那歌鸣亦非云雀之讴，哪怕它

嚣然振动于头上空冥，嘹亮高亢。

我巴不得栖身此地，永不他往。

来吧，死亡！倘朱丽叶愿遂此望。

如何，心肝？畅谈吧，趁夜色迷茫。

　　　　　　　　　（《罗密欧与朱丽叶》第三幕第五场）

二、有韵体现代文白融合译法

有韵体现代文白融合译法的特点是：基本押韵，措辞上白话与文言尽量能够水乳交融；充分利用诗歌的现代节奏感，俾便能够念起来朗朗上口。例如：

哈姆莱特 死，还是生？这才是问题根本：

莫道是苦海无涯，但操戈奋进，

终赢得一片清平；或默对逆运，

忍受它箭石交攻，敢问，

两番选择，何为上乘？

死灭，睡也，倘借得长眠

可治心伤，愈千万肉身苦痛痕，

则岂非美境，人所追寻？死，睡也，

睡中或有梦魇生，唉，症结在此；

倘能撒手这碌碌凡尘，长入死梦，

又谁知梦境何形？念及此忧，

不由人踌躇难定：这满腹疑情

竟使人苟延年命，忍对苦难平生。

假如借短刀一柄，即可解脱身心，

谁甘愿受人世的鞭挞与讥评，

强权者的威压，傲慢者的骄横，

失恋的痛楚，法律的耽延，

官吏的暴虐，甚或默受小人

对贤德者肆意拳脚加身？

谁又愿肩负这如许重担，

流汗、呻吟，疲于奔命，

倘非对死后的处境心存疑云，

惧那未经发现的国土从古至今
无孤旅归来，意志的迷惘
使我辈宁愿忍受现世的忧闷，
而不敢飞身投向未知的苦境？
前瞻后顾使我们全成懦夫，
于是，本色天然的决断决行，
罩上了一层思想的惨淡余阴，
只可惜诸多待举的宏图大业，
竟因此如逝水忽然转向而行，
失掉行动的名分。　　　　（《哈姆莱特》第三幕第一场）

麦克白　若做了便是了，则快了便是好。
若暗下毒手却能横超果报，
割人首级却赢得绝世功高，
则一击得手便大功告成，
千了百了，那么此际此宵，
身处时间之海的沙滩、岸畔，
何管它来世风险逍遥。但这种事，
现世永远有裁判的公道：
教人杀戮之策者，必受杀戮之报；
给别人下毒者，自有公平正义之手
让下毒者自食盘中毒肴。　　　　（《麦克白》第一幕第七场）

损神，耗精，愧煞了浪子风流，
都只为纵欲眠花卧柳，
阴谋，好杀，赌假咒，坏事做到头；

心毒手狠，野蛮粗暴，背信弃义不知羞。

才尝得云雨乐，转眼意趣休。

舍命追求，一到手，没来由

便厌腻个透。呀恰，恰像是钓钩，

但吞香饵，管教你六神无主不自由。

求时疯狂，得时也疯狂，

曾有，现有，还想有，要玩总玩不够。

适才是甜头，转瞬成苦头。

求欢同枕前，梦破云雨后。

唉，普天下谁不知这般儿歹症候，

却避不得便往这通阴曹的天堂路儿上走！

（十四行诗第一百二十九首）

三、无韵体白话诗译法

无韵体白话诗译法的特点是：虽然不押韵，但是译文有很明显的和谐节奏，措辞畅达，有诗味，明显不是普通的口语。例如：

贡妮芮　父亲，我爱您非语言所能表达；

胜过自己的眼睛、天地、自由；

超乎世上的财富或珍宝；犹如

德貌双全、康强、荣誉的生命。

子女献爱，父亲见爱，至多如此；

这种爱使言语贫乏，谈吐空虚：

超过这一切的比拟——我爱您。（《李尔王》第一幕第一场）

李尔　国王要跟康沃尔说话，慈爱的父亲

要跟他女儿说话，命令、等候他们服侍。

这话通禀他们了吗？我的气血都飙起来了！
火爆？火爆公爵？去告诉那烈性公爵——
不，还是别急：也许他是真不舒服。
人病了，常会疏忽健康时应尽的
责任。身子受折磨，
逼着头脑跟它受苦，
人就不由自主了。我要忍耐，
不再顺着我过度的轻率任性，
把难受病人偶然的发作，错认是
健康人的行为。我的王权废掉算了！
为什么要他坐在这里？这种行为
使我相信公爵夫妇不来见我
是伎俩。把我的仆人放出来。
去跟公爵夫妇讲，我要跟他们说话，
现在就要。叫他们出来听我说，
不然我要在他们房门前打起鼓来，
不让他们好睡。　　　　（《李尔王》第二幕第二场）

奥瑟罗　　诸位德高望重的大人，
我崇敬无比的主子，
我带走了这位元老的女儿，
这是真的；真的，我和她结了婚，说到底，
这就是我最大的罪状，再也没有什么罪名
可以加到我头上了。我虽然
说话粗鲁，不会花言巧语，
但是七年来我用尽了双臂之力，

直到九个月前，我一直
都在战场上拼死拼活，
所以对于这个世界，我只知道
冲锋向前，不敢退缩落后，
也不会用漂亮的字眼来掩饰
不漂亮的行为。不过，如果诸位愿意耐心听听，
我也可以把我没有化装掩盖的全部过程，
一五一十地摆到诸位面前，接受批判：
我绝没有用过什么迷魂汤药、魔法妖术，
还有什么歪门邪道——反正我得到他的女儿，
全用不着这一套。　　　　　（《奥瑟罗》第一幕第三场）

目 录

《皆大欢喜》导言

    《皆大欢喜》是莎士比亚最优雅的一出戏。演到高潮处，女主角罗瑟琳让众人围成一圈，象征完美圆满，并借助婚姻之神亥门（Hymen）之力，解决了剧情困境。莎翁的其他喜剧多半有死亡阴影，这出戏则奉上了四对新人的婚礼，没有丧葬情节。罗瑟琳是莎剧全集中戏份最多也最欢愉的女角。首演的男童伶扮演这个角色时，想必十分吃力，但因罗瑟琳有许多时间是在"扮演"男孩，演员可以稍微轻松些。

    按理这出戏应以剧中的女主角命名。今人论电影脚本，有"改编"（adapted）与"原创"（original）之分；这出戏是对伊丽莎白时代的小说的"改编"——把托马斯·洛奇（Thomas Lodge）颇受欢迎的散文传奇《罗莎琳德》（*Rosalynde*）搬上舞台。莎士比亚挑选、精简他的素材，但保留它的基本精神：在浪漫的森林背景下，演出一系列对爱情本质的辩论。洛奇笔下的语言引用了许多古典神话作为修饰；罗瑟琳在戏剧高潮处恢复女儿身的那一刻，我们可以领略到这种用典的韵味："（罗瑟琳假扮的）甘尼米以女装进场，着绿色长礼服，外罩淡褐色的袍子，古雅得似狄安娜[1]在森林中欢喜庆贺；她头戴玫瑰花冠，优雅得像花神傲立于群芳

---

1 狄安娜（Diana）：罗马神话中的狩猎和月亮女神。——译者附注

之中。"[1]

莎士比亚从多对鸳侣成婚的情节迅速转到剧终的舞蹈。他安排坏公爵奇迹般地"改过自新"（conversion），取代了洛奇的原著结尾出现的善恶争战；他聚焦于情欲的实现，而洛奇全心关注的是社会地位上升的问题。这出戏删除了洛奇的原著结局的奖赏分配情节。在小说中，西尔瓦诺斯（Sylvanus）[2]的对应人物成了"整个阿登森林的领主"，柯林成了西莉娅所对应人物的羊群的掌管人，忠诚的家臣亚当则不可思议地成了国王的侍卫队队长。

洛奇将故事场景设在法国，但他把阿登森林的名字从法文 Ardennes 改为英文 Arden。这个故事会如此吸引莎士比亚，原因或许就在这里：他的出生成长地在沃里克郡（Warwickshire）阿登森林（Forest of Arden）附近；他的母亲玛丽·阿登（Mary Arden）的姓氏即源于此。这出戏的剧情随之更加远离法国；虽然保留了一些像"勒·宝"之类的法国名字，宫廷的地点却没有明说。在洛奇的小说里，过世的绅士是"波尔多的约翰爵士"（Sir John of Bordeaux）——他有三个儿子：老大把老三当作仆人看待，老二出外念大学，直到最后情节意外转折时才出现——但莎士比亚更具象征意义地将其改名为"罗兰·德·布瓦爵士"（Sir Rowland de Bois）。de Bois 意为"森林的"（of the woods），而且罗兰爵士这个名字暗示一个已逝的侠义与传奇世界，正如《罗兰之歌》（The Song of Roland）所描述的那样。Orlando(奥兰多) 即意大利语的 Rowland(罗兰)；莎士比亚为他的男主角取这个名字，以显示这位幺子与他过世的父亲关系特殊，有义务保留他的美名。对于伊丽莎白时代剧场观众中受教育程度较高的人，这个名字会使他们想起意大利诗人阿里奥斯托（Ludovico

---

1　此段引文出自洛奇的小说《罗莎琳德》。——译者附注

2　西尔瓦诺斯（Sylvanus）：应为西尔维斯（Silvius）之误。在洛奇的小说中西尔维斯的对应人物为蒙塔纳斯（Montanus）。——译者附注

Ariosto，1474—1533）的《疯狂的罗兰》（*Orlando Furioso*）中与书同名的主人公；《疯狂的罗兰》这一史诗是 16 世纪骑士传奇文学的伟大代表作。莎士比亚特有的怀疑、反讽的秉性，使得他让自己笔下的奥兰多在森林里四处游荡，在树皮上刻下二流的情诗，还需要从一个他误认是少年的人那里学习如何求爱。如此一来，他不太能当得起自己的英雄名字；直到这出戏真正转入传奇模式，他从狮子和蛇的口中救出哥哥，才变得名副其实。

我们第一次听说被放逐的公爵，是说他"像从前英格兰的罗宾汉（Robin Hood）"，和一群"快活的人"（merry men）住在森林里。表面上看来，"像从前英格兰的"这个修饰语意味着故事应该发生在法国，不过其更深层次的作用在于把阿登森林等同于舍伍德森林（Sherwood Forest）。在这出戏创作的前一年，莎士比亚所在剧团的竞争对手海军上将剧团（Admiral's Men）以罗宾汉为题材，上演了一出二联剧，名叫《亨廷登伯爵罗伯特》（*Robert Earl of Huntingdon*）；该剧首次把这一悠久传说中的罗宾变成伪装的贵族，而不是千真万确要造反的亡命之徒。在《皆大欢喜》中最初的阿登森林场景里，被放逐的公爵对比了森林里的自然秩序与宫廷里的谄媚妒忌；一如罗宾汉的故事，《皆大欢喜》里众人翘首以待的结局是合法的统治者得以复位。

然而，这出戏不仅对事物有所理想化，也有所反讽。公爵的森林生活圈子里最重要的人物并不是个喜乐快活的人，而是抑郁寡欢、讽刺成性的杰奎思。他常常被误认为公爵的廷臣之一，其实他是个绅士，为了做"旅行者"（traveller）而变卖了田产；他冷眼观察，挖苦世态与道德。森林里的秩序有赖于狩猎，乃使得杰奎思同情受伤的雄鹿，指出好公爵篡夺了鹿的地位，跟坏公爵在宫廷里夺权一模一样。洛奇的小说里并没有杰奎思和试金石，他们是莎士比亚自创的重要角色。两人唇枪舌剑，你来我往，因为前者的讽刺与后者的机智"蠢话"是对立的模式，用以讥嘲宫廷式的虚情假意，例如奥兰多高度浪漫化的为爱效劳的言语。

阿登森林的生活也被比喻成神话里的"黄金时代"（golden age）；戏里当然相应地设置了具有古典姓名的牧羊人角色，显示了古老田园诗传统的影响。黄金时代是想象中的人类初生时期，是另一个伊甸园；在这个乐园中，大自然提供其丰产之物，冬季的寒风从不曾吹拂。但莎士比亚将这一景象复杂化了。公爵的第一段台词就说阿登森林并不能让他们"在那里逍遥度日，仿佛身在古代神话里的黄金时代"，而是让他们从自然世界领受道德教训。这里不是永夏的世外桃源：同样有季节变化，只不过"对亚当的惩罚"——被迫靠劳力生存——似乎不像宫廷的浮沉兴衰那样恶劣。黄金时代的神话把乌托邦变成了社会堕落之前的情境，而非社会向往的状况：人人幸福、没有所谓"财产"的世界。老牧羊人柯林是幸福的代表，但他并不幻想无须劳动，或是无须仰赖不属于自己的财产。他放牧的是别人的羊群；他之所以能够保住工作，是因为西莉娅买下了农场。

莎士比亚的许多戏剧的场景在象征对立的两地间切换——威尼斯与贝尔蒙特（《威尼斯商人》[*The Merchant of Venice*]），罗马与埃及（《安东尼与克莉奥佩特拉》[*The Tragedy of Antony and Cleopatra*]），西西里亚宫廷与波希米亚乡下（《冬天的故事》[*The Winter's Tale*]）——然而，《皆大欢喜》迫不及待地让主要演员前往阿登森林。一旦到达那里，场景便都顺畅轮转。森林里没有时钟嘀嗒，没有可显示时间的场景切换。可是，刚开始时，有两个可以识别的假想区域：农场与洞穴，即柯林的农业劳动世界与公爵及其手下如罗宾汉般过活的森林深处。奥兰多和杰奎思游走于两者之间，而罗瑟琳/甘尼米和西莉娅/阿莲娜不能够走得太远，进入森林深处。她们和公爵的团圆必须留待戏剧发展到高潮时再上演。

这两位女士初抵阿登森林时，有一段奇特的舞台提示词：罗瑟琳乔装为甘尼米，西莉娅乔装为阿莲娜，与弄臣（化名"试金石"）上。"化名"是否表示试金石也改换了身份？有人认为他起初穿的是"白痴"（natural）的普通长外衣，之后当他跟着两位小姐逃离王宫时，换穿职业逗乐丑角的"花衣裳"（motley）。然而他并没有必要改变说话的风格，也没有必要像罗瑟琳扮演甘尼米一角那样，深刻地以伪装作为发现自我的工具；试金石似乎一直都是一块试金石，是揭露别人愚昧的顶嘴大师。但试金石万一被认出是宫廷弄臣，从而使罗瑟琳和西莉娅的乔装假扮穿帮，那可怎么办呢？那倒也不是问题，因为这三人被安排无法跟公爵及其廷臣相会，直到最后一场戏。因此杰奎思不可能是廷臣：他必须以陌生人身份与试金石相遇，并且很高兴他也是个外来者，虽然二人语言风格不同，讽刺的目的也不同。杰奎思使用的是"恶言谩骂"（invective）和正式言说（最有名的是他对人生"七幕"的剖析）；试金石则擅长俏皮隽语和即兴发挥耍长串的嘴皮子（最精彩的是他对争吵七阶段的解释）。

这出戏里只要出现"自然的"（natural）字眼，无论是和试金石、柯林还是森林本身有关，读者都可能从中发现幸福和某种天真无邪；杰奎思的声音则带来厌世的忧郁这一"经验"之说。罗瑟琳很清楚她喜欢哪一样；她对杰奎思说，"您的经验使您忧伤。我宁可让傻子逗我开心也不要让经验使我忧伤"。

一如洛奇的《罗莎琳德》，这出戏的剧情有时候好像不过是个借口，以便引发辩论和沉思。这出戏的核心在于精心设计的对白。离开宫廷之前，罗瑟琳和西莉娅辩论"造化"（Nature）与"命运"（Fortune）孰轻孰重；在阿登森林，有忧郁者和傻子、愤世嫉俗者和情人、宫廷弄臣和

"质朴的"（natural）牧羊人之间的对话（牧羊人赢得辩论，因为他认识到社会习俗各地不同）。有一段以散体求爱的场景对衬着一段以诗体求爱的场景，采用了绝妙的对位法。宫廷角色使用散文，而牧羊人以诗歌求爱，反转了戏剧常规。

最重要的情节是奥兰多与"罗瑟琳改扮的甘尼米改扮的罗瑟琳"（Rosalind-as-Ganymede-as-Rosalind）相遇。莎士比亚的戏为男童伶而写——收场白里有个笑话提醒我们这一点；在这一反串的前提下，此处是由男童伶扮演的女孩假扮为男孩，再去扮演女孩。在牧羊人的情节里，是菲苾有浪漫爱情想法，因此对她的质朴的伴侣西尔维斯大失所望；在主要情节里，女人（罗瑟琳）借着伪装而能对男人（奥兰多）提出明智务实的"劝导"（counsel），作为对结婚的准备。通过变装和角色扮演，罗瑟琳揭露了浪漫爱欲的虚幻："爱情典范"（the patterns of love，指特洛伊罗斯 [Troilus] 和勒安得耳 [Leander]）不值得模仿，因为关于他们的老故事"全是骗人的"（all lies）。"各个时代都有男人死掉，而后被虫子吃掉，但没有为了爱情的。"这就是男人。

至于女人，想要留住她们，秘诀在于不限制她们。罗瑟琳/甘尼米的教训和《驯悍记》（The Taming of the Shrew）相反：值得拥有的女人不是温顺的，而是"任性"（wayward）的；她的活力（语言上的、情感上的和性欲上的）无法改变。"紧闭女人的智慧之门，它会从窗扉出去。关上窗扉，它就从钥匙孔出去。堵住钥匙孔，它就随着炊烟从烟囱飞出去。"罗瑟琳是莎士比亚作品里最全面地体现女性特质的女人：她从容，她顽皮；她明白驱使人行动的原动力，亦能接受强烈的感情，无论是喜悦、恐惧还是单纯的惊讶（"啊，小妹，小妹，小妹，我可爱的小妹，愿你知道我的爱有多少呀深！但那是无法测度的"）。

参考资料

剧情：奥兰多是三兄弟中的幺子，被他的长兄奥列佛虐待；同时，老公爵遭到放逐，朝廷被他弟弟弗莱德里克篡夺。奥兰多与宫中摔跤师查尔斯比武，并和老公爵的女儿罗瑟琳相爱。罗瑟琳和堂妹西莉娅（篡位公爵弗莱德里克的女儿），带着弄臣试金石，一同离开宫廷前往阿登森林；罗瑟琳假扮为男孩（甘尼米），西莉娅则自称为"阿莲娜"。奥兰多从老家仆亚当口中得知奥列佛设计要杀害他，便也逃往森林。在阿登森林，为了帮助老牧羊人柯林，罗瑟琳和西莉娅买下一座农场；奥兰多遇见了遭到放逐的公爵及其廷臣。"甘尼米"自告奋勇"假扮"为罗瑟琳，让奥兰多演练他的情诗，方便他求爱。牧羊人西尔维斯爱慕牧羊女菲苾，但菲苾却爱上"甘尼米"。试金石先是鄙视乡下生活，后来决定迎娶放牧山羊的奥德蕾，挤走了她的另一个追求者——乡巴佬威廉。奥列佛来到森林，奥兰多救了他的性命；他忏悔自己的恶行，爱上了西莉娅。坏公爵弗莱德里克做了隐士。罗瑟琳恢复女儿身，安排了多对婚姻，由婚姻之神亥门证婚。一切都结局圆满，只除了抑郁寡欢的旅行者杰奎思不愿参加庆典活动。

主要角色：（列有台词行数百分比/台词段数/上场次数）罗瑟琳(25%/201/10)，奥兰多 (11%/120/9)，西莉娅 (10%/108/7)，试金石(10%/74/7)，杰奎思 (8%/57/7)，奥列佛 (6%/37/4)，老公爵 (4%/32/3)，西尔维斯 (3%/24/5)，菲苾 (3%/23/3)，柯林 (3%/24/4)，弗莱德里克(3%/20/4)，勒·宝 (2%/14/1)，亚当 (2%/10/4)，查尔斯 (2%/8/2)，阿米恩斯 (1%/9/2)，亥门 (1%/2/1)，奥德蕾 (1%/12/3)。

语体风格： 散体约占 55%，诗体约占 45%。另有几首歌，并穿插（蹩脚的谐摹）情诗。

创作年代： 弗朗西斯·米尔斯（Francis Meres）在 1598 年所列的莎士比亚剧本清单没有提到这出戏，除非它的原名叫 *Love's Labour's Won*（米尔斯提到过，但现今已佚失）。1600 年初夏曾注册要出版，当时却没有付印。剧中的一首歌《看那情郎和小姑娘》收入托马斯·莫利（Thomas Morley）的《歌曲首册》（*First Book of Airs*, 1600）。从几个文学典故来看，此剧应该是创作于 1599 年或 1600 年初。

取材来源： 大致依据托马斯·洛奇的散文传奇《罗莎琳德》（1590）。改动了一些名字（例如奥列佛和奥兰多取代了洛奇笔下的撒拉丹 [Saladyne] 和罗萨得 [Rosader]），保留了其余角色（例如菲芯、"阿莲娜"、"甘尼米"）。添加的主要角色只有杰奎思和试金石。

文本： 首度印行于 1623 年的对开本。印刷质量十分精良，或许是以剧场的演出脚本为依据。

乔纳森·贝特（Jonathan Bate）

皆大欢喜

老公爵，遭放逐

罗瑟琳，老公爵的女儿

弗莱德里克公爵，老公爵的弟弟，篡位者

西莉娅，弗莱德里克的女儿

试金石，宫廷弄臣

阿米恩斯，贵族，追随老公爵

勒·宝，弗莱德里克的廷臣

查尔斯，弗莱德里克的摔跤师

奥列佛
贾奎斯　｝罗兰·德·布瓦爵士的三个儿子
奥兰多

亚当，罗兰爵士的老仆，现伺候奥列佛

丹尼斯，奥列佛的仆人

杰奎思，忧郁的旅行者

柯林，老牧羊人

西尔维斯，年轻牧羊人，爱上菲苾

菲苾，牧羊女

威廉，乡下人，爱上奥德蕾

奥德蕾，放牧山羊的牧女

奥立福·麻帖牧师，乡村牧师

亥门，婚姻之神（可能由阿米恩斯或另一廷臣扮演）

贵族、侍童、侍从各数人

第 一 幕 [1]

第一场　／　第一景

奥列佛家宅中，具体地点不详 [2]

奥兰多与亚当上

奥兰多　　我还记得，亚当，遗嘱就是这样只留给我区区一千克朗 [3] 而已，而且，就像你说的，命令我大哥好好教养我，才能得到他的祝福 [4]。而这就是我不幸的开始。我二哥贾奎斯，他让他上大学，据说大有长进。至于我呢，他把我留在家里，当个庄稼汉看待；说得更精确些，他把我关在家里不管——我这种出身的绅士，日子过得跟关在牛棚的牛一般，那叫照顾吗？他的马匹调教得还更好：它们除了吃得好，还接受马术训练，为此花了大钱请来训练师。可是我，他的弟弟，除了身量外，没有一点长

1　译者按：译文中的脚注，若是采自原版，不另说明；若是译者自注或参考其他版本所得，则于脚注后注明"译者附注"。译者的脚注参考版本如下：David Bevington, ed., *As You Like It* from *The Complete Works of Shakespeare*, Sixth Edition (New Jersey: Pearson Education, Inc., 2009); Pamela Allen Brown and Jean E. Howard, eds., *As You Like It: Texts and Contexts* (Boston and New York: Bedford/St. Martin's, 2014); Alan Brissenden, ed., *As You Like It* (Oxford and New York: Oxford UP, 1993, 2008); Juliet Dusinberre, ed., *As You Like It* (London: Thomson Learning, 2006); Jean E. Howard, ed., *As You Like It*, in Stephen Greenblatt et al, eds., *The Norton Shakespeare* (New York and London: W.W. Norton, 1997); 方平，译，《皆大欢喜》，收入方平主编，《新莎士比亚全集·第三卷：喜剧》(台北：猫头鹰出版，2000)。

2　后文中指出这一场戏发生的地点为奥列佛家的花园中。——译者附注

3　克朗 (crown)：英国旧制中金铸或银铸的 5 先令硬币。1000 克朗约等于 250 英镑，这数目是亚当毕生积蓄的两倍。——译者附注

4　他的祝福："他"指他们的父亲。——译者附注

进；他那些粪堆里的牲畜可以跟我一样感谢他。他除了这么慷慨大方地给了我这一文不值的以外，看他的作为，好像还要剥夺我的天赋：他让我跟他的农场工人一起吃饭，夺走我的兄弟身份，并且尽其可能用这种教育来埋没我的绅士气质。就是这件事，亚当，伤透了我的心。我想，我骨子里原有的家父气概，开始要反抗这种奴役了。我决心不再忍受，虽然眼前我还不知道有什么法子。

奥列佛上

亚当　　　　　我的主人，您的大哥，打那边来了。

奥兰多　　　　一旁站着，亚当，让你听听他怎样羞辱我。

　　　　　　　　（亚当退至一旁）

奥列佛　　　　欸，少爷，您[1]在这儿做啥？

奥兰多　　　　没有，没人教我创造[2]任何东西。

奥列佛　　　　那您在破坏些什么啊，少爷？

奥兰多　　　　哼，大人，我是在帮您破坏上帝所创造的——让无所事事毁掉您可怜没用的弟弟。

奥列佛　　　　哼，少爷，干点正事，给我滚。

奥兰多　　　　要我替您喂猪，跟它们一起吃糠吗？我挥霍了什么分内的家产，竟要穷困匮乏到这个地步？[3]

奥列佛　　　　您知道您现在在哪儿吗，少爷？

奥兰多　　　　啊，大人，很清楚啊，在您的花园里。

奥列佛　　　　您认得您面前的人是谁吗，少爷？

1　您：奥列佛故意用疏远的敬语称呼他。——译者附注
2　奥兰多故意把奥列佛说的"做"（make）解释为"创造"。
3　见《圣经·新约·路加福音》（15: 11–32）中浪子回头的寓言。该寓言讲的是一个富家子拿了他那一份家产，在外挥霍一空，竟至替人放猪，恨不得吃猪食。

奥兰多	认得啊，胜过我眼前的人认得我。我知道您是我长兄，而凭着我们的血缘关系，您也该认得我。依照习俗[1]，您比我尊贵，因为您是长子，然而同一种习俗并不抹杀我的血缘，即便您与我中间隔了二十个兄弟。我得自父亲的传承跟您一样多，虽然我承认，您比我早出生，理应得到较多的尊敬[2]。
奥列佛	（作势欲打或动手打他）什么话，小子！
奥兰多	（抓住他）算了吧，算了，老哥，您在这方面嫩得很呢。
奥列佛	你[3]敢对我动手，恶棍？
奥兰多	我不是恶棍。我是罗兰·德·布瓦[4]爵士的小儿子，他是我父亲；谁说这样的父亲会生出恶棍，谁就是恶棍加三级。你[5]要不是我哥哥，凭你讲这种话，我这只手就要掐住你喉咙不放，用另一只手拔出你的舌头。你是在侮辱你自己。
亚当	两位好主人，忍耐点儿。念在老太爷的情分上，和好吧。
奥列佛	放手，我说。
奥兰多	才不放，除非我高兴。您听好了：父亲在遗嘱里命令您给我良好的教育；而您把我训练成庄稼汉，隔绝湮没所有绅士该有的特质。父亲的气概在我内心里日益增长，我无法再容忍了。（放开奥列佛）所以，请让我做合乎绅士身份的事情，不然就把父亲遗嘱上留给我的那一丁

---

1 指长子有权继承所有地业的习俗。——译者附注

2 较多的尊敬：原文为 nearer to his reverence；his 指他们的父亲。此句意指长兄比较配得到如父亲般的尊敬。

3 奥列佛情急怒生，不再以讽刺的敬语"您"称呼奥兰多，而改用"你"。——译者附注

4 德·布瓦：法文 de Bois，意为"森林的"（of the woods），但其发音可能英语化了，读成 de Boys。

5 动怒的奥兰多改以"你"称呼其兄。——译者附注

	点儿钱给我，我要用来买运气[1]。
奥列佛	那你要干吗呢？花完了就去讨饭？算了吧，少爷，您[2]给我进去。我不会老让您来找我麻烦。您可以得到您要的一部分。请您离开我吧。
奥兰多	我不会再冒犯您，除非是要争取我的利益。
奥列佛	（对亚当）您跟他走吧，您这老狗。
亚当	"老狗"就是我的奖赏吗？对极了，我服侍你们，连牙齿都掉光了。愿上帝与我的老主人同在，他是不会说出这种话的。

奥兰多与亚当下

奥列佛	居然都这样了？您开始没大没小啦？我要治一治您这歹症候[3]，可是那一千克朗才不给呢。喂，丹尼斯！

丹尼斯上

丹尼斯	大人您叫我吗？
奥列佛	公爵的摔跤师查尔斯，不是有话要跟我说吗？
丹尼斯	禀大人，他现在就在门口，要求见您。
奥列佛	唤他进来。

丹尼斯下

此计甚妙，而且明天就是摔跤的日子。

查尔斯上

查尔斯	大人早安。
奥列佛	好查尔斯大人，新的朝廷有什么新闻吗？
查尔斯	朝廷里没有新闻，大人，只有旧闻。就是说，老公爵被他弟弟新公爵放逐了，有三四个忠诚的贵族自愿跟着被放逐；他们的土地和税收使新公爵更加富裕，所以他都

---

1 买运气（buy my fortunes）：即试试运气；奥兰多没有受过教育，可能是去买个职位。——译者附注
2 奥列佛再次使用讽刺的敬语"您"，以羞辱奥兰多。——译者附注
3 歹症候：原文为 rankness，指（1）傲慢无礼；（2）长得过于茂盛；（3）疾病。

	允准他们离开。
奥列佛	您知不知道老公爵的女儿罗瑟琳，是否也跟她父亲一起被放逐了？
查尔斯	噢，没有，因为新公爵的女儿，她的堂妹，她们从摇篮时期就一起长大，要是放逐了她，她会跟着去，要是丢下她，她会死掉。她还在宫里，新公爵对她视如己出。从没有两位小姐像她们这么相爱的。[1]
奥列佛	老公爵要住在哪儿？
查尔斯	听说他已经到了阿登森林，有很多快活的人陪伴着他，住在那里，像从前英格兰的罗宾汉[2]。听说每天都有许多年轻子弟去投奔他，在那里逍遥度日，仿佛身在古代神话里的黄金时代。
奥列佛	欸，您明天要在新公爵面前跟人摔跤吗？
查尔斯	就是啊，大人，所以我才来告诉您一件事。大人，有人悄悄向我透露，说是令弟奥兰多有意化名来跟我摔一场[3]。明天，大人，我得为我的英名摔跤，谁要是能够手脚完好逃出我这关，算他命大。令弟年纪还小，没有经验，为了您的交情，我实在不想把他摔倒；可是如果他来了，为了我自个儿的荣誉，那也只好如此。所以，看在您与我的情分上，我特来告诉您这件事，希望您阻止他这个念头，不然就要忍受那必然遭遇的羞辱，因为那是他自讨苦吃，绝非我所愿。

1　查尔斯这段话里的"她"一会儿指罗瑟琳，一会儿指罗瑟琳的堂妹（西莉娅），听来有喜剧效果，但也正好显示两人关系亲密，如生命共同体一般。——译者附注

2　罗宾汉（Robin Hood）：英国民间传说中劫富济贫的绿林好汉。

3　在伊丽莎白时代，摔跤是比较低级的运动，其职业选手和吟游诗人、杂耍演员、戏子一样，四处跑江湖表演。奥兰多化名参加摔跤比赛，为的是隐藏他的贵族身份。——译者附注

奥列佛	查尔斯，谢谢你[1]对我的好意，我一定会好好报答你。我自己听说了我弟弟的这个念头，也用委婉方式努力劝退，但他坚决不肯。我告诉你，查尔斯，他是全法国最倔强的小伙子，野心勃勃，见了任何人的长处，总是嫉妒诋毁；他暗中设下恶毒的诡计，要谋害他的亲哥哥我。所以你斟酌着办吧。我倒是情愿你像扭断他的手指一般，扭断他的脖子。你最好提防着点儿，因为你只要稍稍羞辱了他，或是他没能在你身上大大荣耀自己，他就会想办法毒害你，用些奸诈的方法陷害你，非得用什么迂回手段夺你性命才肯罢休。我老实跟你说，说来我都快落泪了，在这世界上没有一个像他这么年轻又这么卑鄙可恶的人了。我这样说还是顾念到兄弟之情；要是把他的真面目细细揭露给你听，我定会羞红了脸哭泣，而你必会惊诧得面无血色。
查尔斯	我打心底高兴来了您这儿。假如他明天过来，我会好好赏赐他。假如他竟还能靠自己的两腿走路，我从此不再参加摔跤比赛争取奖赏。愿上帝保佑大人您！　　　　下
奥列佛	再会，好查尔斯。现在我要去鼓动这位运动家了。我希望看到他送命；我内心里，也不知道为什么，就是最憎恶他。然而他是个正人君子；从没上过学，却很有学问；满怀远大的志向；深得各阶层人士的喜爱，真可说是世间的宝贝——尤其是我自己的手下，因为最了解他，竟至完全瞧不起我。但这种情形不会太久的：这场摔跤必将解决一切。我只要煽动那小子参加就行了。我现在就去。　　　　下

---

1 奥列佛要开始误导查尔斯，改用保持距离的"你"（you）称呼查尔斯；但这也可能是故示亲昵，拉近距离。——译者附注

第二场 / 第二景

宫中，具体地点不详

罗瑟琳与西莉娅上

西莉娅　我求你 [1] 罗瑟琳，我的好姐姐 [2]，开心点嘛。

罗瑟琳　亲爱的西莉娅，我这已是强颜欢笑了，您还要我再开心些？除非您能教会我忘掉一个被放逐的父亲，否则别指教我如何去记得任何特别的开心事。

西莉娅　从这里就看出你爱我不如我爱你那样全心全意。要是我伯父——你那被放逐的父亲——放逐了你叔父——我那做公爵的父亲，只要你还跟我在一起，我就能把你父亲当作我父亲来爱；你也会这样的，如果你对我的爱跟我对你的一样完美。

罗瑟琳　好吧，我就忘记自己的处境，为您高兴。

西莉娅　您知道我父亲只有我这一个孩子，也不可能再生了；说真的，等他过世，由你来继承他。他用暴力从你父亲那儿拿走的，我以温情交还给你。我以我的荣誉发誓，一定这么做；要是我违背了这个誓言，让我变成怪物。所以，我的好阿罗，我亲爱的阿罗，开心些嘛。

罗瑟琳　那我就从现在开始，妹妹，还要想些什么乐子来。我想想看，您觉得谈情说爱怎么样？

西莉娅　哟，就这么办，乐此不疲 [3]；但不可以真心爱上男人，

1　西莉娅在这一场中掺杂使用"你"（thee/thou）与"您"（you）称呼罗瑟琳。——译者附注

2　姐姐：原文为 coz，是 cousin 的简写。她们两人的关系是堂姐妹。

3　乐此不疲：原文为 to make sport withal；其本义是"以此为乐"（withal = with），但也有"跟众人玩乐，滥交"（to make sport with all）的双关语意。

	也不可以玩过了头，总得能够羞答答地安全保住贞节而脱身。
罗瑟琳	那，咱们要玩什么游戏呢？
西莉娅	咱们坐下来，消遣"命运"那好主妇，叫她从轮子上摔下来，这样今后她的礼物或许可以赏赐得均匀些。[1]
罗瑟琳	但愿咱们做得到，因为她的赏赐错得太离谱；这个出手阔气的瞎眼女人[2]给女人赏赐的时候，尤其常常胡来。
西莉娅	对，得她赏赐美貌的人，就不给她们贞节；得她赏赐贞节的，就叫她们长得丑陋不堪。
罗瑟琳	不对，你这就把命运的角色扯到造化的了；命运掌管的是给世人的赏赐[3]，不管天生的相貌。

弄臣试金石上

西莉娅	是吗？造化造了一个美人，难道命运不能把她推进火坑？尽管造化给了咱们才智来嘲弄命运，命运不也就把这傻子送过来，打断咱们的议论？
罗瑟琳	说得是，命运对造化太无情了，居然要造化所造的白痴来打断造化所造的才子。
西莉娅	或许这也不能怪命运，要怪造化：她眼看咱们天生的智慧太迟钝，岂可对这些女神品头论足，便派了这个白痴帮咱们磨利，因为傻子的钝，向来是才子的磨刀石。——怎么啦，聪明人？您上哪儿去啊？
试金石	小姐，您得上您父亲那儿去。

---

1 命运女神转动命运之轮，使人时运上升或下跌。此处以"主妇"相称，暗指妇女纺织（wheel = spinning wheel，即"纺车"）。——译者附注

2 指命运女神；传统上，命运女神的形象是一位转动命运之轮的盲眼妇人。

3 指财富和权势。——译者附注

西莉娅	您是派来传令的 [1] 吗？
试金石	不，凭我的荣誉发誓。但我奉命来找您。
罗瑟琳	您哪儿学来这赌咒啊，傻子？
试金石	是跟一个骑士学的。他凭他的荣誉发誓，说那些煎饼挺好的，又凭他的荣誉发誓，说里面的芥末很差劲。我可要声明，煎饼很差劲，而芥末挺好的；不过那骑士倒也没有发假誓。
西莉娅	学富五车的您要如何证明这一点？
罗瑟琳	对，就是，现在请展现您的智慧吧。
试金石	两位请上前一步，摸摸下巴，凭你们的胡须发誓，说我是个无赖。
西莉娅	凭咱们的胡须发誓——如果咱们有胡须——你是个无赖。[2]
试金石	凭我的无赖发誓——假如我是无赖——那我就是了。然而，如果您凭着不存在的东西发誓，您就不算发假誓。那个骑士凭他的荣誉发誓也一样，因为他根本没有荣誉嘛；就算有的话，在他看到那些煎饼或芥末之前，早就发誓发光啦。
西莉娅	请问，你说的是哪一个？
试金石	是令尊老弗莱德里克宠爱的一个。
西莉娅	有我父亲的宠爱他就够荣誉了。别再提他了，早晚您会因为毁谤挨鞭子抽。
试金石	那就更加可怜了：聪明人做了傻事，不准傻子耍几句聪

---

1 传令的：原文为 messenger，意为（1）传递信息的；（2）逮捕犯人的官差。西莉娅故意取第二个意思。另，Brissenden 注：傻子是极不可靠的信差。《圣经·旧约·箴言》(26:6)："借愚昧人手寄信的，是砍断 [自己的] 脚，自受损害。"——译者附注

2 莎士比亚刻意指出充满本戏的性别意趣：没长胡须的男童伶饰演没有胡须的女角。——译者附注

明话。

西莉娅　　　　真的，你的话没错；自从蠢人的小小聪明被压下来之后，聪明人做的小小蠢事就出了大大风头了。勒·宝大人过来了。

勒·宝上

罗瑟琳　　　　带着满嘴的新闻。

西莉娅　　　　他会讲给咱们听，像老鸽喂雏鸽一样。

罗瑟琳　　　　那咱们就满肚子都是新闻了。

西莉娅　　　　那更好，咱们就更卖得出去[1]了。——
　　　　　　　Bonjour[2]，勒·宝大人，有什么消息啊？

勒·宝　　　　美丽的公主，您错过了大好的娱乐了。

西莉娅　　　　娱乐？哪一种的？

勒·宝　　　　哪一种的，小姐？我该怎么回答您呢？

罗瑟琳　　　　凭才智和运气吧。[3]

试金石　　　　（模仿勒·宝）不然就看命中注定该怎么说吧。

西莉娅　　　　说得好——真是画蛇添足。

试金石　　　　不，假如我不保住我的地位[4]——

罗瑟琳　　　　你就排出了臭气。

勒·宝　　　　两位小姐把我搞糊涂了。我本来要对你们说你们错过的那场精彩的摔跤。

罗瑟琳　　　　还是跟我们讲讲怎么摔跤的吧。

1　指像养肥的鸽子一样卖出去。

2　*Bonjour*: 法文，意为 Good day。这出戏似以法国为背景。勒·宝（Le Beau）是法国名字，意为"帅哥"。

3　原文为 As wit and fortune will，可能来自谚语 Little wit serves unto whom Fortune pipes（有命运眷顾，不需要才智）。——译者附注

4　地位（rank）：试金石指他的弄臣身份。但罗瑟琳故意解读为 rank 的另一个意思"臭气"（见下一行）。

勒·宝	我把开场告诉两位，如果你们听了喜欢，可以看看收场，因为精彩好戏在后头。就在这里，你们所在的地方，他们要来表演。
西莉娅	好吧，讲讲已经过去、掩埋了的开场。
勒·宝	来了一个老人跟他的三个儿子——
西莉娅	我可以就这开场来个狗尾续貂[1]。
勒·宝	三个英俊青年，身材壮硕，风度翩翩。
罗瑟琳	脖子上挂着告示："公告周知，凭此文件。[2]"
勒·宝	三兄弟中的老大跟公爵的摔跤师查尔斯摔跤，查尔斯一下子就把他撂倒，折了他三根肋骨，没有活命指望了。他照样对付了老二，老三也一样。他们躺在那边，那个可怜的老人家，他们的父亲，为此伤心欲绝，所有旁观的也跟着流泪。
罗瑟琳	天哪！
试金石	倒要请教，大人，小姐们错过了什么娱乐？
勒·宝	咦，就是我说的这个啊。
试金石	真是日日长见闻哪。我这是头一次听说折断肋骨是小姐们的娱乐。
西莉娅	我也是，真的。
罗瑟琳	可还有谁想听他体侧的分门音乐[3]？还有哪个喜欢折断肋骨的？咱们要不要去看摔跤，妹妹？
勒·宝	您留在这儿，就一定看得到，因为这儿就是摔跤的指定

---

1 狗尾续貂:原文为 match this beginning with an old tale。tale（故事）与 tail（尾巴）发音相同。西莉娅语带双关，暗指这是个老掉牙的故事。

2 原文为 Be it known unto all men by these presents. 这是许多法律文件的开场白，罗瑟琳借此讽刺勒·宝浮夸的语言；"文件"（presents）与前文的"风度"（presence）发音相近。

3 分门（broken）：原意是作曲时按乐器分门别类编排，这里指断裂的肋骨。音乐（music）：指肋骨断后呼吸困难。

	地点，他们也准备好要表演了。
西莉娅	在那边，他们果然过来了。咱们就留下来看吧。

喇叭奏花腔。弗莱德里克公爵、奥兰多、查尔斯及众大臣、侍从上

弗莱德里克公爵	开始吧。既然那年轻人不肯听劝，他若有危险只能怪自己鲁莽。
罗瑟琳	（对勒·宝）是那边那个人吗？
勒·宝	就是他，小姐。
西莉娅	哎呀，他太年轻了，不过他看起来好像会赢。
弗莱德里克公爵	喂，女儿，侄女！ 你们也溜到这儿看摔跤吗？
罗瑟琳	是的，殿下，请您恩准。
弗莱德里克公爵	你们不会喜欢的，我可以告诉你们，因为这个人[1]占了大大的优势。我可怜那挑战者年轻，想劝退他，但他听不进去。去跟他说说吧，小姐们，看看你们说不说得动他。
西莉娅	把他叫过来，好勒·宝大人。
弗莱德里克公爵	去叫他。我暂时走开。（他退至一旁）
勒·宝	（对奥兰多）挑战者先生，公主请您过去。
奥兰多	我自当恭敬从命去见她们[2]。
罗瑟琳	小伙子，您向摔跤师查尔斯挑战了吗？
奥兰多	没有，美丽的公主，是他向大众挑战的[3]；我不过是来参加，跟别人一样，想跟他较量，试试自己年轻的力气。
西莉娅	年轻的绅士，您的勇气超过了您的年纪。您已经见过残

---

1 指查尔斯。
2 她们：奥兰多眼睛看到与心里想的，是两位小姐；反正他也不知道哪位是公主。——译者附注
3 既然公爵和勒·宝刚才都说过奥兰多是挑战者，奥兰多这么说可能是为了表示谦逊，或是因为见了两位公主心慌意乱。严格说来，他的话也没错，因为查尔斯接受任何人的挑战。——译者附注

酷的证据，证明这人的力气。假如您亲眼见到，或是以理智认清自己[1]，就该知道这场冒险的可怕，告诉自己另外找势均力敌的对手。我们恳求您，为了您自己，看重自身的安全，放弃这项尝试。

罗瑟琳　　　　是啊，少年郎。您的名誉不会因此被人轻视的。我们会出面向公爵提出请求，不让摔跤比赛进行。

奥兰多　　　　虽然我承认，胆敢拒绝如此美貌出色的小姐乃是大大的罪过，但我请求两位，不要以为我不识好歹。请让你们美丽的眼神、和善的祝福伴随着我去比赛。假如我输了，丢人现眼的不过是一个从来没有好运的人；假如丧了命，死的不过是一个甘心去死的人。我不会对不起亲友，因为没有亲友来悼念我；不会伤害到这世界，因为在这世上我一无所有。我只在这世上空有一席之地；把它腾出来，或许能让更好的人补上。

罗瑟琳　　　　我这份小小的力气，情愿给了您。

西莉娅　　　　还有我的，补她那一份。

罗瑟琳　　　　祝您好运。恳求上天，我错看了您！

西莉娅　　　　愿您心想事成！

查尔斯　　　　来吧，这个一心想跟他的大地妈妈睡在一起[2]的小白脸在哪儿啊？

奥兰多　　　　准备好了，先生，但他想干的是更有分寸的事。

弗莱德里克公爵　只准你们打一个回合。

查尔斯　　　　放心，殿下您费了那么多工夫劝他别打第一回合，我保

1　指看见对手肌肉结实，比自己强壮，判断自己不像对手那样经验丰富；客观地省视自己。——译者附注

2　查尔斯这话有两层意思:(1)想找死 (人死了回到土里);(2)想跟母亲乱伦。奥兰多听出查尔斯的嘲讽之意，在下一行加以反驳。

	证您不必求他打第二回合。
奥兰多	您该事后嘲笑我，不该事前嘲笑我。但是，尽管来吧。
罗瑟琳	愿赫剌克勒斯[1]助你一臂之力，小伙子！
西莉娅	但愿我能隐身，去抓住那壮汉的腿。　　　　　　二人摔跤
罗瑟琳	啊，小伙子好棒哟！
西莉娅	若我眼里有雷霆[2]，我能预言谁会倒下。(查尔斯被摔倒)
	欢呼声
弗莱德里克公爵	住手，住手。
奥兰多	再打吧，我恳求殿下。
	我还没暖身呢。
弗莱德里克公爵	你怎么样了，查尔斯?
勒·宝	他没法说话了，殿下。
弗莱德里克公爵	把他带走。(查尔斯被抬下)——(对奥兰多)你叫什么
	名字，小伙子?
奥兰多	奥兰多，我的殿下，罗兰·德·布瓦爵士的小儿子。
弗莱德里克公爵	我倒希望你是别人家的儿子。
	世人都认为你父亲正派，
	我却看他始终是我的敌人。
	你的表现原可得我欢心，
	如果你是别人家的后代。
	不过祝你好运，你是个英勇少年。
	真希望你跟我说你父亲是别人。
	公爵及余人下；西莉娅、奥兰多与罗瑟琳留场
西莉娅	(对罗瑟琳)姐姐，我若是我父亲，会这样做吗?
奥兰多	(旁白?)做罗兰爵士的儿子，他的小儿子，

1　赫剌克勒斯(Hercules)：古希腊神话中的大力士。

2　亦即：若我是掌管雷霆的天神宙斯(Zeus)。——译者附注

我更为自豪；决不换掉那头衔，

去做弗莱德里克的继子。

罗瑟琳　　　（对西莉娅）我父亲爱罗兰爵士如同自己的灵魂，

世人也与我父亲想法一致；

要是早知道这小伙子是他儿子，

我会流着眼泪苦苦恳求，

不让他如此冒险。

西莉娅　　　（对罗瑟琳）好姐姐，

咱们去向他道谢，给他鼓励吧。

我父亲性格粗暴，怀有恶意，

戳痛我的心。——（对奥兰多）先生，您赢得漂亮。

要是您在爱情上也信守承诺，

像这样，超出所有人的预期，

您的情人可幸福了。

罗瑟琳　　　（从脖子上取下一项链给他）少爷，

请为了我把它戴上。我是个苦命人，

虽想奉赠更多，无奈手头拮据。

（对西莉娅）咱们要走了吧，妹妹？

西莉娅　　　好。——再见，好少爷。

奥兰多　　　我连"谢谢您"都不会说吗？我的能力

全被打败了，这里站着的

只是个假人[1]，没有生命的木头。

罗瑟琳　　　他喊我们回去呢。我的自尊已随着命运倒下。

我去问他要什么。——（对奥兰多）是您喊的吗，少爷？

少爷，您真能摔跤，摔倒的

1　假人：原文为 quintain，指练习马上长矛打斗或掷飞镖时用的靶子。

不光是您的敌手。

西莉娅　　您走不走，姐姐？

罗瑟琳　　我就来了。珍重，再会。　　　　　罗瑟琳与西莉娅下

奥兰多　　是什么热情如此重压我的舌头？我对她开不了口，虽然
　　　　　　她很想交谈。

勒·宝上

　　　　　　可怜的奥兰多啊，你被摔倒啦！
　　　　　　若非查尔斯就是弱女子制伏了你。

勒·宝　　好少爷，我出于友情来劝您
　　　　　　离开这里。尽管您应当受到
　　　　　　高度表扬、衷心赞赏和敬爱，
　　　　　　可是照着公爵现在的心情，
　　　　　　他会误解您所作所为的一切。
　　　　　　公爵喜怒无常；他到底如何，
　　　　　　您自己琢磨比较好，我不便说。

奥兰多　　我谢谢您，大人；还请您告诉我：
　　　　　　来看摔跤的那两位小姐，
　　　　　　哪一位是公爵的女儿？

勒·宝　　都不是他女儿，假如按行为判断。
　　　　　　但实际上比较高雅[1]的是他女儿，
　　　　　　另一位是被放逐公爵的女儿，
　　　　　　被她那篡位的叔父留在此地
　　　　　　陪伴他的女儿；她们亲爱的
　　　　　　程度比同胞姊妹情分还要亲。
　　　　　　但我可以告诉您，最近这公爵

1　比较高雅：原文为 taller。若以身材而论，应该是罗瑟琳比较高，所以她后来才假扮为男孩。

已经不喜欢他和善的侄女了，

没有别的理由，只因为

众人夸奖她的品德好，又为了

她那善良父亲的缘故同情她；

还有，我以生命下注，他对这位小姐的

恶意随时会爆发。少爷，再会了。

今后，在一个更好的世界里，

我很愿意结交您，多了解您。

奥兰多　　　我太感激您了。再会。　　　　　　　　　　　　勒·宝下

如此我从热锅掉进烧汤 [1]，

从暴虐公爵回到暴虐兄长。

可那天仙般的罗瑟琳！

下

第三场　　/　　景同前

西莉娅与罗瑟琳上

西莉娅　　　怎么了，姐姐？怎么了，罗瑟琳？丘比特 [2] 行行好吧，
一句话都没有吗？

罗瑟琳　　　连扔给狗的都没有一句。

西莉娅　　　不行，你的话太珍贵，不可以扔给野狗；扔几句给我吧。

1　从热锅掉进烧汤：亦即从热锅掉进滚烫的汤。原文为 from the smoke into the smother（从烟
到浓烟），指情况恶化。今为押韵改译为"汤"。这一行和下一行是押韵的对句，显示场景结
束。——译者附注

2　丘比特（Cupid）：罗马神话中的爱神。

来，尽管拿理由来砸，砸得我瘸腿。

罗瑟琳 那两姐妹都会倒地：一个是被理由砸瘸腿，另一个是理由说尽，因此发疯。

西莉娅 难道这一切都是为了你父亲?

罗瑟琳 不，有些是为了我孩子的父亲[1]。啊，这无聊日子[2]满是荆棘!

西莉娅 不过是芒刺罢了，姐姐，在假日胡闹时甩在你身上；咱们要是不走在踩平的路上，裙子会被钩住。

罗瑟琳 我可以把它们抖掉；这些刺却是在我心里。

西莉娅 把它们咳掉。

罗瑟琳 我倒愿意试试看，要是"咳"一声就能得到他。[3]

西莉娅 算了，算了，跟你的痴情摔跤吧。

罗瑟琳 啊，我的痴情跟那比我强的摔跤师站在同一边!

西莉娅 啊，祝您好运! 您迟早要试一试的，即使会被摔倒[4]。且把这些玩笑话摔出去，咱们说正经的：真有可能，突然之间，您就这么猛地一头栽下去，爱上老罗兰爵士的小儿子?

罗瑟琳 我父亲老公爵深爱他的父亲。

西莉娅 难道因此您就应该深爱他的儿子? 依此类推，我应该恨他啰，因为我父亲痛恨他父亲；可是我并不恨奥兰多。

罗瑟琳 不要，真的，别恨他，为我的缘故。

---

1 我孩子的父亲：指她暗恋的奥兰多。

2 无聊日子：原文为 working-day，指寻常（要工作的）日子，与假日（holiday，见西莉娅的下一句）相对。

3 指用咳嗽声引起注意。——译者附注

4 这句话有性暗示，大意是：你注定会跟他摔跤（暗指做爱），也不怕被摔倒（原文为 fall，指失去贞节）。

西莉娅	为什么不要 [1] ？难道不是很应该吗？
公爵及众大臣上	
罗瑟琳	让我以他配得到的爱来爱他，您呢，因为我爱他而爱他。瞧，公爵来了。
西莉娅	眼中充满怒气。
弗莱德里克公爵	（对罗瑟琳）小姐，为了您的安全，您 [2] 赶紧收拾了，离开我的宫廷，越快越好。
罗瑟琳	我吗？叔父？
弗莱德里克公爵	您，侄女。 十天之内，假如你被发现 在本爵宫廷二十英里以内， 就要你死。
罗瑟琳	我恳求您，殿下， 让我知道我犯了什么错。 若是我有自知之明， 或是认识到自己的渴望， 若是我不在做梦或发疯—— 我相信并没有——那么，亲爱的叔叔， 我对殿下从来不曾有丝毫 冒犯的念头。
弗莱德里克公爵	叛徒都是这样的。 假如凭着言语就可以脱罪， 他们就白璧无瑕，有如神恩了。

---

1 为什么不要：原文为 Why should I not。此句或是指不要爱，或是指不要恨，两种看法都有学者支持。——译者附注

2 弗莱德里克公爵在这一场中掺杂使用"您"（you）和"你"（thou/thee）称呼侄女罗瑟琳，表示他气急败坏。——译者附注

	我不信任你，这就够了。
罗瑟琳	可不能因您不信任就说我是叛徒； 请告诉我这有什么证据。
弗莱德里克公爵	你是你父亲的女儿，这就够了。
罗瑟琳	我是他女儿，在您拿走他公国的时候； 我是他女儿，在您放逐他的时候。 叛逆不是遗传的，大人， 再说，就算是会从亲人感染， 那又与我何干？我父亲不是叛徒， 所以，我的好主上，请别因为我 贫穷而大大误会我会背叛。
西莉娅	亲爱的主上，请听我说。
弗莱德里克公爵	是的，西莉娅，本爵为了你留下她， 否则她早跟她父亲去流浪了。
西莉娅	我当时并没有求您留下她， 是您出于自愿，也是出于同情。 我当年太小，不知道她的可贵， 但现在知道了。她若是叛逆， 那我也是。我们一直同床共寝， 同时起身，一起读书、游戏、吃饭， 无论上哪儿去，都像朱诺的天鹅 [1]， 总是拴在一起，无法分开。
弗莱德里克公爵	她太狡猾，你不是对手；她的温和， 她的娴静，她的忍耐 打动人心，大家怜悯她。

---

1 朱诺（Juno）：罗马神话中的天后，传说她将天鹅用轭套在一起驾车。但根据神话所言，用天鹅驾车的应是爱神维纳斯（Venus）。——译者附注

	你是个傻瓜，她夺走了你的好名声。
	她走了之后，你就会显得灿烂，
	看来更加高尚。你就别开口了。
	我对她的判决已经确定，
	决不收回：她被放逐了。
西莉娅	主上，那就对我作同样的宣判。
	没有她陪伴，我活不下去。
弗莱德里克公爵	您是个傻瓜。您，侄女，做好准备：
	假如您超出期限，凭我的荣誉，
	还有我公爵之命的权威，要您死。

　　　　　　　　　　　　　　　　　　　　　　公爵及余人下

西莉娅	啊，我可怜的罗瑟琳，你[1]要去哪里呢？
	你要交换父亲吗？我把我的给你。
	我求你不要比我更悲伤。
罗瑟琳	我比较有理由啊。
西莉娅	你没有，姐姐。
	请你开开心心。你不知道公爵
	已经放逐了我，他的女儿？
罗瑟琳	他并没有啊。
西莉娅	没有吗？那罗瑟琳爱得不够，
	不然应该知道你我是一体。
	难道咱们要被拆散，要分手，好姑娘？
	不，让我父亲另找一个继承人吧。
	所以咱们来商量怎么逃出去，
	逃到哪儿，随身要带些什么。
	也不要一个人承担命运的变故，

---

1 西莉娅情急之下，连说了好几次"你"（thou/thee）。——译者附注

独揽您的[1]悲伤，把我排除在外。
因为，我指着苍天发誓——见我们愁苦，
它脸色苍白——随你怎么说，我都跟你走。

罗瑟琳 欸，咱们要去哪儿呢？

西莉娅 到阿登森林找我的伯父去。

罗瑟琳 哎呀，那对咱们有多危险哪，
咱们姑娘家，走这么远的路！
美貌比黄金更容易招引盗匪。

西莉娅 我会穿破烂下等的衣裳，
拿棕土涂抹我的脸蛋[2]。
您也照样做。咱们就这样闯荡，
绝不会引起坏人注意。

罗瑟琳 因为我长得特别高，
我把全身打扮成男人模样，
岂不更妙？
腰间插一把帅气的短弯刀，
手上握着猎猪长矛，——哪怕
心里藏着多少女人的恐惧——
咱们的外表却气昂昂，雄赳赳，
就像许多硬充好汉的懦夫，
用表面功夫掩盖胆怯。

西莉娅 你扮成男人，我要怎么称呼你？

罗瑟琳 至少要跟天帝侍童的名字相当才行，
所以您要记得叫我甘尼米[3]。

1 原文为 your，故译为“您的”。——译者附注
2 指装扮成在户外劳作的农妇，借以掩饰贵族的白皙。
3 甘尼米（Ganymede）：众神之王乔武（Jove）的斟酒侍童。

	可是您要叫什么呢？
西莉娅	跟我的处境有点相关的：
	不再是西莉娅，而是阿莲娜[1]。
罗瑟琳	欸，妹妹，咱们设法把那滑稽的
	傻子从您父亲宫廷里弄出来如何？
	他可以是我们旅途的开心果。
西莉娅	他要跟着我闯荡大千世界。
	交给我来说服他。咱们走，
	把咱们的珠宝钱财都收拾好，
	想个最恰当的时机，最安全的方法；
	可以躲藏起来，因为我逃走之后，
	一定会有追兵。现在咱们意足心满地
	进去，迎向自由，不是放逐[2]。

同下

---

1 阿莲娜：原文为 Aliena，源自拉丁语，意为"疏远的人"。

2 原文为 ... Now go in we content / To liberty and not to banishment，是莎剧中常见的下场前押韵对句。——译者附注

第 二 幕

阿登森林

老公爵、阿米恩斯及两三贵族以森林居民模样上

老公爵　　　　看吧，流亡中的伙伴弟兄们，

习惯了以后，这种生活岂不胜过

虚有其表的浮华？这林子岂不比

尔虞我诈的宫廷来得安全？

在这里我们感受不到对亚当的惩罚，

四季的变化，例如冬天寒风

冰冷的利牙和狂暴的责骂；

就算寒风刺骨吹打我的身体，

冷得我瑟缩，我依然微笑着说：

"这不是阿谀，它们给我忠告，

使我刻骨铭心，知道自己是谁。"

逆境的用处真是美好，

就像癞蛤蟆：丑陋、有毒，

但头里有一粒宝贵的珍珠[1]。

我们这种日子没有人来人往，

树木能言语，溪流是书本，

石头会讲道，万物尽美好。

阿米恩斯　　　　我不愿改变这种生活。殿下好福气，

1　从前的人相信癞蛤蟆有毒，但它头上有"蟾蜍石"（toadstone），可以解毒。

　　　　　　　能把命运的艰难讲述得

　　　　　　　如此平静而且如此惬意。

老公爵　　走，咱们去打些野味¹如何？

　　　　　　　但我也难受，这些可怜的花斑族，

　　　　　　　本是这无人城镇的原始住民，

　　　　　　　却要在它们自己的领土里，

　　　　　　　被双叉箭镞刺穿圆滚的屁股。

贵族甲　　的确，殿下，

　　　　　　　那忧郁的杰奎思为此而伤心，

　　　　　　　在那种心情下咒骂，说您的强夺

　　　　　　　更甚于把您放逐的令弟。

　　　　　　　今天阿米恩斯大人和我自己

　　　　　　　偷偷跟踪他，见他直挺挺躺在

　　　　　　　一棵橡树下，那古怪的树根隐约伸到

　　　　　　　沿着这林子哗啦啦流动的溪水上；

　　　　　　　一头离了群的可怜公鹿，

　　　　　　　因为中了猎人的箭而受伤，

　　　　　　　去到那里，奄奄一息。真的，殿下，

　　　　　　　那倒霉的畜生费力呻吟，

　　　　　　　呼吸之间简直都要胀破

　　　　　　　它的外皮；斗大的泪珠

　　　　　　　顺着它无辜的鼻子涔涔流下，

　　　　　　　可怜兮兮。就这样，这毛茸茸的傻子，

　　　　　　　在忧郁的杰奎思眼睁睁注视下，

　　　　　　　紧挨着急流的边缘站立，

1　野味：原文为 venison，"野味"是其古意，今多指鹿。——译者附注

以泪水补充溪水。

老公爵　　那杰奎思怎么说？
　　　　　　此情此景难道他没有说教？

贵族甲　　啊，有，说了一千种比喻。
　　　　　　先是，为它把泪水注入不需要的溪流：
　　　　　　"可怜的鹿，"他说，"你立遗嘱就像
　　　　　　世人一般，把你的全部财产
　　　　　　留给富裕过头的人。"[1] 然后，见它
　　　　　　孤零零，被一身茸毛的伙伴抛弃，
　　　　　　"没错，"他说，"就这样，穷人门前
　　　　　　车马稀。"不久，一群鹿，无忧无虑，
　　　　　　吃得饱饱的，从他旁边蹦跳过去，
　　　　　　也没停下来打招呼。"是啊，"杰奎思说，
　　　　　　"向前奔跑吧，你们这些肥胖油腻的
　　　　　　市民，世道本如此；何苦去看那边
　　　　　　那个皮开肉绽的可怜破产者？"
　　　　　　如此这般他尖酸刻薄地讽刺了
　　　　　　乡村、城市、宫廷，
　　　　　　对，还有我们这里的生活，骂我们
　　　　　　全是篡位者、暴君，还有更难听的——
　　　　　　惊吓动物，还杀戮它们，就在
　　　　　　本来归属于它们的原生居住地。

老公爵　　你们离开的时候，他还在这样沉思？

贵族乙　　是的，殿下，他还在为那呜咽的鹿
　　　　　　流泪，大发议论。

1　指世人往往愿意立有钱人为遗产继承人，希望对方同样回报并且早死。——译者附注

老公爵	带我去那里。
	我爱在他忧郁发作时去见他,
	因为这时候他想法最多。
贵族甲	我现在就带您去找他。

众人下

第二场 / 第四景

宫中

弗莱德里克公爵偕众大臣上

弗莱德里克公爵	怎么可能没有人见到她们?
	不可能;这件事,宫里一定
	有什么坏人同谋,包庇她们。
大臣甲	我没听说哪个看到她。
	她闺房里的女仆们
	看着她上床,而一大早
	发现床上没有她们的宝贝女主人。
大臣乙	殿下,那个烂小丑,大人您常常
	爱听他说笑的那个,也失踪了。
	公主的侍女,希丝比利娅,
	供认她曾经私下偷听到
	令爱和她的堂姐大大夸奖
	那个摔跤手的人品和风度——
	就是最近才摔倒壮硕的查尔斯那位;

她相信，无论她们去了哪里，
那小伙子一定和她们在一起。

弗莱德里克公爵 去通知他哥哥，把那帅哥带过来。
要是他 [1] 不在，就把他哥哥带来见我。
我要叫他把他找回来。立刻去办，
明察暗访不可失败，务要
把这些愚蠢的私逃者抓回来。　　　　　　　　　众人下

第三场 / 第五景

奥列佛家中

奥兰多与亚当上，迎面相遇

奥兰多 是谁？
亚当 哦，是少爷吗？啊，我的好少爷！
啊，我亲爱的少爷！唉，见到您我就想起
老罗兰爵士！咦，您干吗来这里？
为什么您人品好？为什么大家都爱您？
为什么您温和、强壮又勇敢？
为什么您不识好歹去打败
那坏脾气公爵结棍 [2] 的斗士？
您人没到，美名早传回家了。

1　指奥兰多。——译者附注
2　结棍：指身强力壮。——译者附注

难道您不知道，少爷，有些人的
优点反而成了他们的敌人？
您的也一样：您的优点，好少爷，
是虚情假意出卖您的叛徒。
啊，这是什么世界啊，人竟会
因为美好而受害！

奥兰多 咦，是怎么回事啊？

亚当 唉，不幸的年轻人，
别进这门来！在这屋子里
住着憎恶您一切美德的敌人。
您的大哥——不，什么哥哥嘛，
但也是儿子——却又不是，
我本想说是他爸爸的儿子——
他听到别人赞美您，打算今天夜里
放火烧了您平时住的屋子，
烧死您。这一招要是不成，
他还会有别的方法干掉您。
我偷听到他的谈话和阴谋。
这地方不能待，这屋子根本就是屠宰场。
要嫌恶它，害怕它，不可进去。

奥兰多 唉，亚当，你要我上哪儿去？

亚当 您上哪儿都行，就是别来这里。

奥兰多 什么，你是要我去讨饭吗？
还是带着一把凶狠的剑像流氓般
在大街上打劫过日子？
除此之外，我不知道能干什么；
但干什么我都不会干这一行。

	我宁可把自己交给一个没有
	骨肉之情、心狠手辣的哥哥。
亚当	可别这样。我有五百克朗，
	是我在您父亲手下攒的工钱 [1]，
	原是存起来养老用的———一旦
	老骨头不中用，干不了活儿，老朽
	无能，被扔在角落里没人理睬。
	收下吧，就让喂养乌鸦的那一位，
	没错，上苍也提供食物给麻雀 [2]，
	让他来照顾我的晚年。（给钱）钱在这里，
	我全都给您。让我当您的仆人。
	别看我老，我还强壮有力呢。
	因为年轻的时候，会叫人发火
	暴躁的烈酒，我一滴都不沾。
	我也没有厚着脸皮去追求
	那会伤身损害元气的乐子。
	所以我的老年像是活泼的冬天，
	有白霜，但和煦。让我跟您走吧。
	我会像年轻人那样照顾
	您一切日常工作、生活所需。
奥兰多	啊，善良的老人家，在你身上看到
	古人的耿耿忠心——
	挥汗服务只为尽责，不为报偿！

1　五百克朗的工钱可能是各种硬币加总的数目。在 1600 年的英国，亚当的工钱可达年薪 4 镑；
　　因为管吃管住，若是全数存起来，500 克朗是 30 年以上的积蓄。——译者附注

2　《圣经》里提到上帝照顾他创造的万物，见《路加福音》（12: 6, 22–4），《诗篇》（147: 9）
　　等。——译者附注

你的行事作风不是时下流行的那种，

除非为了升官，没有人卖力，

一旦升了官，目的达到，就

不再服务。你不是这样。但是，

可怜的老人家，你栽培的是朽木，

连一朵花都开不出来，无法

回报你的种种苦心和培植。

不过就走吧，咱们一道走，

不等把你年少所挣的工钱花光，

先要找到可以凑合安身的地方[1]。

亚当　少爷，走吧，我要忠诚跟随你[2]，

一直到我咽下最后一口气。

打从十七岁起，现在八十将届，

我都住在这里，如今即将告别。

十七岁，人人出外想要发迹，

八十岁，只能感叹时不我与。

安享天年，把主人恩情报偿，

便是命运给我的最大奖赏。

同下

---

1 奥兰多的最后两行台词是押韵双行体，似乎预告这一景的结束，不料亚当又连续说了八行四个对句。——译者附注

2 这是亚当第一次以"你"（thee）而不是"您"（you）称呼他的主人，想是两人的关系变得更亲密了。——译者附注

第四场 / 第六景

阿登森林[1]

罗瑟琳乔装为甘尼米，西莉娅乔装为阿莲娜，与弄臣（化名"试金石"）[2] 上

罗瑟琳	朱庇特[3] 啊，我的精神可真快活[4]！
试金石	我不管什么精神，两条腿不累就好了。
罗瑟琳	（旁白？）我内心倒很想像女人一般哭泣，羞辱这一身男儿打扮，但我总得安慰比较软弱的，就像穿紧身上衣和长裤[5] 的应该在穿裙子的面前表现英勇。所以啊，打起精神来，好阿莲娜！
西莉娅	请你们担待些吧。我走不动了。
试金石	我嘛，我情愿担待您也不要担起您。不过，就算担起您，也不会是担起十字架[6]，因为我想您的钱包里没有钱[7]。
罗瑟琳	好了，这儿就是阿登森林了。
试金石	是啦，来到阿登森林，我就成了更大的傻子了。在家的时候，我过得挺好的，出外旅行只好将就些。

柯林与西尔维斯上

1 除较短的一场（第三幕第一场）之外，本剧余下的情节均发生在阿登森林中不同的地方。
2 原文为 Clown alias Touchstone。此处的 alias 可能指改换装束，可参看导言中的相关内容。
3 朱庇特（Jupiter）：罗马神话里的众神之王，也是甘尼米的主人。
4 快活：原文为 merry，是根据第一对开本，可以理解为罗瑟琳故意显示体力超强（见她的下一句台词）。其他版本多改为 weary（疲惫）。——译者附注
5 这是男性的标准穿着。
6 十字架：可能有两个意思：（1）负担，麻烦；（2）金钱（因为伊丽莎白时代有些钱币的一面印有十字架）。
7 试金石也许知道保管钱的是罗瑟琳。——译者附注

罗瑟琳	是啊，那就将就些吧，好试金石。你们看，是谁来了？ 一老一少一本正经交谈着呢。（他们退至一旁）
柯林	那会叫她更瞧不起你。
西尔维斯	柯林哪，你不知道我有多爱她！
柯林	我猜得到一些，因为我是过来人。
西尔维斯	不，柯林，你老了，就猜想不到， 尽管你年轻时爱得真心诚意， 半夜里靠着枕头唉声叹气。 但是假如你的爱跟我的一样—— 我相信没有哪个男人这样爱过—— 你因为痴情而干下的令人 笑掉大牙的事有多少桩啊？
柯林	我忘记的都该有一千桩。
西尔维斯	啊，那你根本算不得情痴！ 假如爱情叫你做的傻事 你连最起码的都记不得， 就算不得爱过。 假如你没有坐着，像我现在这样， 赞美你的情人，烦死你的听众， 就算不得爱过。 假如你没有因为热情而 突然撇下同伴，像我现在这样， 就算不得爱过。 啊，菲苾，菲苾，菲苾！（下）
罗瑟琳	唉，可怜的牧羊人！我查探你的伤口， 但你的痛苦经验使我感同身受。
试金石	我也是。记得当年谈恋爱的时候，我用剑打石头，折断

了剑，就为了惩罚他夜里去找笑脸阿珍[1]。我还记得亲吻过她的捣衣棒跟母牛的奶头，那是她漂亮皲裂的双手挤过奶的。我还记得把一颗豌豆荚当作她，向它求过爱。我从豆荚拿出两粒豆子，再放回去，泪眼汪汪地说："为了我，戴上这两个吧。"[2] 我们这些情痴总会闹出莫名其妙的笑话；但就如同世上万物难免一死，世上的情人因他们的愚昧而显出人性。

罗瑟琳 你这话颇有智慧，你大概不晓得。

试金石 是啊，我才不在乎自己的智慧，除非它撞断我的小腿骨。

罗瑟琳 乔武[3]啊乔武！这牧羊人的激情
很像我的。

试金石 也像我的，但我觉得这有点儿陈腐了。

西莉娅 请你们哪一位去问那边那个人，
肯不肯卖点吃的给我们。
我简直要晕死了。

试金石 （对柯林）喂，你这傻个儿！

罗瑟琳 小声点，傻子，他不是你亲戚[4]。

柯林 是谁在喊？

试金石 是比您高贵的人，爷。

柯林 不然他们可就十分悲惨了。

---

1 意思是：把石头当成情敌。——译者附注
2 这段话充满了性暗示："豌豆荚"（peascod）即 pea-pod，其读音颠倒过来后就成了 codpiece（男装紧身裤裆部的遮阴布，暗指阴茎）；两粒"豆子"（cods）暗指 testicles（睾丸）；"戴上"（Wear）则暗指因做爱而疲累（这是该词的另一含义）。
3 乔武：罗马神话里的众神之王，即朱庇特。
4 试金石称柯林为 clown，意思是"乡巴佬"；而试金石是宫廷弄臣，也被称为 clown（傻子），故罗瑟琳有此言。

罗瑟琳	少废话，我说。午安，朋友。
柯林	您也午安，好绅士。大家午安。
罗瑟琳	我求你，牧羊人，如果爱心或金钱 能在这荒野换来住处和食物， 就请带我们去歇个脚进点食。 这里有一位小姑娘走得太累了， 饿得发晕。
柯林	好大爷，我同情她， 为她的缘故，不为自己，真希望 我的财富能够帮她救急。 但我是别人雇来看羊的， 我放的羊，羊毛不归我剪。 我的东家是个小气的， 哪里会想为了上天堂 而殷勤待客行善事。 再说，他的茅屋、羊群、牧场 现在都要出卖，现在我们茅屋里， 因为他不在，没有什么适合 各位吃的。不过，去看看有些什么吧， 我自己竭诚欢迎各位。
罗瑟琳	要买他的羊群和牧场的是谁呢？
柯林	就是您刚刚看到在这儿的小伙子， 他其实什么也不想买。
罗瑟琳	假如这样做公正公平，我求你 买下他的茅屋、牧场和羊群， 你要付的钱我们来出。
西莉娅	我们也会加你的工资。我喜欢这里，

	很乐意在这里优游度日。
柯林	肯定这买卖做得成。
	跟我走；假如你们听了我的说明，
	还喜欢这地、这收益、这种生活，
	我愿意做你们忠心的仆人，
	立刻去用你们的钱买下来。

众人下

第五场 / 第七景

阿米恩斯、杰奎思及余人上

阿米恩斯	（歌）
	顶着这片绿林树木，
	谁若愿意与我为伍，
	和着鸟儿颤音美妙
	唱出自己乐歌逍遥，
	那就来吧，来吧，来吧；
	你在这里不见仇敌，
	只有寒冬与坏天气。
杰奎思	再唱，再唱，我求你再唱。
阿米恩斯	再唱您会忧郁的，杰奎思大人。
杰奎思	那敢情好。再唱，我求你再唱。
	我能从歌里吸取忧郁，就像
	黄鼠狼吸鸡蛋。再唱，我求你再唱。
阿米恩斯	我五音不全，知道不能讨您欢喜。

杰奎思	我不要您讨我欢喜,
	我真心要您唱。
	来，再唱，再来一段——是叫"段"吗？
阿米恩斯	您怎么说都行，杰奎思大人。
杰奎思	没错，我不在乎叫它们什么名字——它们又不欠我钱[1]。
	您唱好吗？
阿米恩斯	是应您的要求，不是为自己开心。
杰奎思	好吧，我若要谢谢谁，第一个谢谢您。不过，一般人所
	谓的礼貌客套就像两只狒狒见面。有人对我热烈道谢，
	我会以为是给了他一个铜板，所以他像乞丐般谢个不
	停。来，唱吧；你们这些不唱的，都闭嘴。
阿米恩斯	好，我来把歌唱完。各位大爷，同时把饭桌摆好。（备
	好一桌酒食）公爵要在这棵树下喝酒。他这一整天都在
	找您。
杰奎思	我这一整天都在躲着他呢。
	他太爱辩论，我不能跟他做伴。
	我跟他一样有很多想法，但是
	谢天谢地我从不因此矜夸。
	来，高歌吧，来。
	（歌。众人合唱）
	你若真的心无所求，
	喜爱与大自然为友，
	食物全靠自己猎取，
	无论什么都很欢喜，
	那就来吧，来吧，来吧；
	你在这里不见……

1　意思是说：只有借据上的名字才重要。——译者附注

杰奎思	我给您一段歌词搭配这曲调， （递给阿米恩斯一纸）是我昨天随便胡诌的。
阿米恩斯	那我来唱。歌词[1]是这样的： （唱） 假如真到这个地步， 人人都想变成野驴， 抛弃财富安逸不要， 只为自己倔强执拗， 嘟打谜[2]，嘟打谜，嘟打谜； （众贵族在他身边围成一圈，细看那纸） 这里有他傻瓜兄弟， 只要他来到我这里。 那"嘟打谜"是什么？
杰奎思	那是个希腊祈祷语[3]，呼唤傻瓜围成一圈。俺[4]要去睡了， 要是睡得着。睡不着的话，俺就咒骂埃及所有头胎生的[5]。
阿米恩斯	我要去找公爵。他的酒食已经准备好了。　　众人分头下

1　有些编者认为这段歌词是杰奎思念的。——译者附注

2　嘟打谜：原文为 ducdame，意义不明，很可能是没有意义的复唱词。

3　希腊祈祷语（Greek invocation）：意指胡言乱语。

4　此段中杰奎思自称"俺"而非"我"，表示他不再有兴趣理睬众贵族，语气变得随便。——
　译者附注

5　法老阻挠摩西带领以色列人出走埃及，上帝于夜间击杀埃及所有头胎生的孩子与牲畜，哀号
　声震天（见《圣经·出埃及记》）。杰奎思也有可能是指桑骂槐，咒骂老公爵——他是长子，
　也带领群臣进入荒野。——译者附注

第六场 / 景同前

奥兰多与亚当上

亚当　　　好少爷，我走不动了。
　　　　　　啊，我饿死了！（躺下）我就躺在这里，
　　　　　　丈量我的坟墓吧。别了，好少爷。

奥兰多　　欸，怎么啦，亚当？已经没劲儿啦？再撑着些，宽心
　　　　　　些，振作些。如果这座莽林有什么野兽，我要没让它吃
　　　　　　掉，就会把它带回来给你吃。你是想象自己快要死，其
　　　　　　实还有力气。看在我的分上，放宽心，再抵抗死神一会
　　　　　　儿。我马上回来陪你。如果我没给你带吃的回来，就允
　　　　　　许你死。但要是我还没回来你就死掉，那你就害我白忙
　　　　　　一场了。好极了！你打起精神，我很快就回来。不过你
　　　　　　躺在寒风里呢。来，我背你到有遮蔽的地方。（背起亚
　　　　　　当）不会让你饿死的，只要这荒野里还有活的东西。
　　　　　　打起精神来，好亚当！　　　　　　　　　　　　同下

第七场 / 景同前

老公爵及众贵族作流亡者装扮上

老公爵　　我想他已经变成野兽了，
　　　　　　我哪儿都找不到他这个人。

贵族甲	殿下，他刚刚才从这儿离开。
	在这儿他听人唱歌，很愉快。
老公爵	要是他这个杠子头[1]喜欢上音乐，
	不久天体就会发出噪音[2]了。
	去，找他去。说我有话要对他说。

杰奎思上

贵族甲	他节省我的力气，自己送上门了。
老公爵	欸，怎么了，大爷！这是什么世界啊，
	竟要您的可怜朋友求您做伴？
	哟，您好像挺开心的嘛。
杰奎思	傻子，傻子！我在林子里碰到一个傻子，
	穿花衣裳的傻子[3]——可怜的世界啊[4]。
	就像我靠食物维生那样真实，我碰到
	一个傻子，躺着晒太阳，一边
	怒骂命运女神，骂得可漂亮，
	字斟句酌的，而他是个穿花衣裳的傻子。
	"早安，傻子，"我说。"不对，先生，"他说，
	"别叫我傻子，除非老天先给我好福气。"[5]
	然后他从口袋里掏出一只表来，

1　杠子头：原文为 compact of jars，即 made up of discords，意在说明杰奎思爱抬杠，与人多有口角之争（即不谐之音）。——译者附注

2　原文为 discord in the spheres。旧时人们认为，日、月等星球是水晶球体（sphere），各自在其轨道上层层环绕地球运转（地球乃此一同心圆之中心）。这些球体转动时，会产生和谐的音乐。

3　穿花衣裳的傻子：原文为 A motley fool；这么说是因为职业丑角表演时穿花衣裳。

4　可怜的世界啊：杰奎思对老公爵先前问的"这是什么世界啊"的回应。在这莽林中都看得见傻子，印证了俗语"世上傻子多"（The world is full of fools），因此是可怜的世界。——译者附注

5　因为俗谚说：傻人有傻福（Fortune favours fools）。

用那无神的眼睛盯着它，

很有智慧地说道："此刻是十点，

我们可以看看世界是怎么运转的。

才只一小时以前，是九点，

过一小时之后则是十一点。

就这样，我们时时在长大成熟；

然后呢，我们时时在萎靡衰朽。

这就是个鸟故事啊。"[1] 听了

那花衫傻子这般议论时间，

我开心地咯咯笑，像公鸡啼叫似的，

不想傻子居然还想得如此深入，

叫我笑个没完没了，整整

耗掉他表上一个钟头。高贵的傻子啊！

可敬的傻子！穿衣就要穿花衣裳。

老公爵　　这是什么样的傻子？

杰奎思　　可敬的傻子啊！他在宫廷服侍过，

还说，女士们只要是年轻貌美，

天生都知道怎样卖弄。他的脑子，

干得像航海回来吃剩的饼干[2]，

里面塞满了对人情事理的

观察，他把这些一股脑儿说出来，

1　傻子这番话实际上描述了男性的性活动：(1)十二点代表阴茎勃起，因此九点到十一点代表勃起过程；(2)"长大成熟"(ripe)指性成熟，ripe 另有"勃起、插入"之意；(3)"萎靡衰朽"(rot)指性交后阴茎萎缩，或指感染性病。"这是个鸟故事"(thereby hangs a tale)本义为"其中必有文章"(tale 意为"故事")，是伊丽莎白时代常见的说法，而 tale 与 tail(阴茎)谐音，因此译为"鸟故事"。"时时"的原文为 from hour to hour，hour 的读音与 whore(娼妓)相近。

2　伊丽莎白时代的生理学理论认为，干的脑子记忆力强，但是理解力差。

乱七八糟。啊，我好想当傻子！
我的志向就是有一件花外套。
老公爵　　　我给你[1]一件。
杰奎思　　　我就只要那一件[2]，
　　　　　　　　但在您高明判断里的一切
　　　　　　　　粗浅想法您必须清除干净，
　　　　　　　　别说我有智慧。我还需要自由，
　　　　　　　　像风一般无拘无束的特权，
　　　　　　　　爱刮谁就刮谁，像傻子那样。
　　　　　　　　而且越是被我大大羞辱的，
　　　　　　　　越是要大笑。那又是什么道理呢，先生？
　　　　　　　　那"道"就像上教堂的道一样明白[3]：
　　　　　　　　被傻子非常精准地戳那么一下，
　　　　　　　　即便疼痛，也得假装若无其事，
　　　　　　　　否则就愚不可及了。不然哪，
　　　　　　　　就连傻子无的放矢，都能
　　　　　　　　让聪明人的愚昧分解曝光。
　　　　　　　　给我穿上花衣裳，容许我
　　　　　　　　实话实说，我就能彻彻底底
　　　　　　　　清除这病态世界里面的污秽，
　　　　　　　　只要世人肯耐心接受我的药方。
老公爵　　　你胡扯！我知道你想干吗。

1　你：初见面时老公爵以"您"（you）称呼杰奎思，此时改称"你"（thou），或许略有不耐或不悦。——译者附注
2　原文为 It is my only suit，其中 suit 是双关语，可以指"花衣裳"，也可以指"（向老公爵提出的）请求"。
3　上教堂是当时法律的规定。道：一为"道理"（原文为 why），一为"道路"（原文为 way），这两个词在莎士比亚时代发音相同。

杰奎思	我反问,除了好事,我还会干吗呢?
老公爵	你谴责罪恶,才是罪大恶极。
	因为你自己放浪形骸,
	纵情声色,根本就是淫乱;
	由于行为放纵不知检点,
	染了一身脓肿的花柳恶病,
	竟想倾倒出来糟蹋世界。
杰奎思	咦,有哪个人大声斥责淫荡,
	只是为了攻击某一个人呢?
	淫荡岂不如大海般汹涌,
	非得精疲力竭才会退潮?
	我若说城里的民妇穿着贵气,
	像王族一般,实在不配,
	我指名道姓是哪个民妇了吗?
	有谁可以告状说我指的是她?
	她的邻居也跟她一样啊。
	又或者有哪个卑而又卑的贱民,
	以为我讲的是他,就说他
	穿金戴银又没花我的钱,这一来
	他的愚昧不就印证了我的话?
	好,怎么样,有什么话可说?告诉我,
	我的舌头哪里得罪了他。假如被我
	说中,那是他得罪了自己。假如
	他无愧于心,我的批评就像野雁飞过,
	不属于哪一个人。哟,来的是谁啊?

奥兰多上

奥兰多	(拔剑)别动,不许再吃了。

杰奎思	咦，我根本还没吃呢。
奥兰多	也不许吃，要让肚子饿的先填饱。
杰奎思	这是哪儿来的斗鸡啊？
老公爵	小子，你[1]这么凶狠，是因为贫困，
	还是本来就粗俗藐视规矩，
	简直一点儿礼貌都没有？
奥兰多	是您先说的那种。穷途潦倒
	的艰困使我无法表现出
	温文有礼。而我是有教养的，
	多少懂些规矩。但我说不许动；
	谁不等我这边满足了，敢碰一下
	这些水果[2]，我就要他的命。
杰奎思	如若无法用理性[3]满足您，那我死定了。
老公爵	您要什么？与其用逼迫，您的礼貌
	更能逼迫我们以礼相待。
奥兰多	我快饿死了，快让我吃。
老公爵	坐下来吃吧，欢迎跟我们同桌。
奥兰多	您这么客气？请您原谅我。
	我还以为在这儿一切都野蛮，
	所以才摆出一副恶煞凶神的
	派头。但是，无论各位是什么人，
	来到这不见人迹的荒莽之地，

1　你（thou）：老公爵对这冒失的小伙子不满，说话也就不客气。知道原委后，老公爵改用敬语"您"（you）（见后文）。——译者附注

2　公爵在这里吃的是水果餐。——译者附注

3　理性：原文为 reason，其发音和 raisin（葡萄干）相近，语带双关（前面提到老公爵吃的是水果餐）。

在大树枝的幽暗阴影下，
忘记缓缓流逝的时间——
假如你们曾经见过好日子，
假如住过有教堂钟声的地方，
假如坐过上等人家的宴席，
假如抹过你们眼角的泪水，
尝过怜悯和被怜悯的滋味，
就让礼貌大大逼迫各位。怀着
这个希望，我惭愧地收起剑。（插剑入鞘）

老公爵　确实，我们见过好日子，
也曾伴着神圣钟声上教堂，
也曾坐过上等人的宴席，抹过
圣洁怜悯引发的泪珠。
所以，您就温文有礼地坐下来，
我们有什么能解决您的需要，
您就说出来，尽管拿了去。

奥兰多　那就请暂时不要碰您的食物，
让我，像母鹿一般，去寻找小鹿，
给它食物。有一位可怜的老人家，
出于爱心，一步步蹒跚颠簸
跟随着我。他受到衰老和饥饿的
双重折磨。除非他先吃饱了，
我一点都不会碰。

老公爵　去把他找来。
不等你们回来我们绝对不吃。

奥兰多　谢谢您，愿您好心有好报！　　　下

老公爵　你瞧，不单只有咱们不幸；

这个宽大的寰宇戏院里，
上演许多悲惨的场景，何止
我们这一幕。

杰奎思　　全世界是个舞台，
男男女女不过戏子而已；
他们上场下场各有其时。
每个人一生扮演许多角色，
他的戏共有七幕。首先是婴儿，
在奶妈的怀里又哭又吐。
然后是哀鸣的学童，拎着书包，
脸蛋明亮如清晨，像蜗牛爬行一般
不情不愿地上学。之后是情人，
如火炉般叹着气[1]，以哀伤的曲调
颂赞他情人的眉毛。之后是军人，
满嘴外国学来的脏话，豹子般的胡髭，
十分爱惜荣誉，动不动就吵架，
甚至到炮口里追求
那泡沫般的名气[2]。然后是法官，
圆滚滚的肚子塞满肥嫩的阉鸡[3]，
目光严肃，胡须修剪整齐，
一出口就是格言和老生常谈。
这是他的角色。第六幕转成
穿拖鞋、干巴巴的老头儿，
鼻上架着眼镜，腰间挂着钱袋；

1　指叹气如火炉冒烟。——译者附注
2　炮口射出炮弹时，似乎把名誉的泡沫轰得更大，但结果是生命与名誉同归于尽。——译者附注
3　阉鸡常用以贿赂法官。——译者附注

　　　　　　　年轻时的长裤，留到如今，套上萎缩的
　　　　　　　小腿，宽大得不像样；雄浑的嗓门
　　　　　　　回到了孩童时的尖细声音，
　　　　　　　像风笛，像吹哨。最后的一幕，
　　　　　　　要终结这多彩多姿的一生传奇，
　　　　　　　乃是第二度婴儿期，失去记忆，
　　　　　　　没牙齿，没眼睛，没味觉，啥都没了。

奥兰多偕亚当上

老公爵　　　　欢迎。放下您背上可敬的老人家，
　　　　　　　让他吃点东西。

奥兰多　　　　（放下亚当）我替他多谢您了。
亚当　　　　　的确要您帮忙。
　　　　　　　我简直没法说话，替自己致谢。

老公爵　　　　欢迎，请用。我暂时还不会
　　　　　　　打扰您，探问您的遭遇。——给咱们
　　　　　　　来点儿音乐；爱卿，唱首歌吧。
　　　　　　　（歌）
　　　　　　　冬风啊，尽管吹呀吹！
　　　　　　　人类忘恩负义
　　　　　　　超过你的残酷。
　　　　　　　你的牙齿并不尖锐，
　　　　　　　因为看不见你形迹，
　　　　　　　虽然气息相当粗鲁。
　　　　　　　嘿呵，嘿呵，歌儿唱给冬青树。
　　　　　　　友情多虚伪，爱情多痴迷；
　　　　　　　嘿呵，冬青树。
　　　　　　　这里的日子最写意。

寒天啊，尽管冻啊冻！
你虽造成冻伤，
忘恩更令人心痛。
你能使水冰封，
你的刺也犀利，
但都好过把朋友抛弃。
嘿呵，歌儿唱……

老公爵　（对奥兰多）假若您是好罗兰爵士的儿子，
就像您诚实向我悄悄说的那样，
而您的长相也的确让我看见
他活生生的真实画像，
我诚挚地欢迎您。我就是那
深爱令尊的公爵。您其他的际遇，
到我洞里讲给我听。好老人家，
你跟你的主人同样受到欢迎。
搀扶着他。手伸过来，
把您一切经历对我说明白。[1]　　　　　　众人下

1　原文最后两行下场诗是押韵对句。——译者附注

第 三 幕

第一场　　　　／　　　　第八景

官中

弗莱德里克公爵、奥列佛及众大臣上

弗莱德里克公爵　后来就没见过他[1]？大人[2]，大人，不可能。
　　　　　　　　要不是我天生太过仁慈，
　　　　　　　　我也不必去找那不在的人
　　　　　　　　报复，你就在这里。但你听好了：
　　　　　　　　去把你弟弟找出来，无论他在哪里。
　　　　　　　　点着蜡烛去找。管他活的死的，
　　　　　　　　十二个月内把他抓来，否则你
　　　　　　　　别想回到本爵的领土过日子。
　　　　　　　　你的土地和你名下的一切，
　　　　　　　　凡值得没收的本爵一概没收，
　　　　　　　　直到你弟弟亲口做证，开脱
　　　　　　　　本爵认定你的犯行[3]。

奥列佛　　啊，愿殿下知道我在这件事上的真心！
　　　　　　我这辈子从没爱过我弟弟。

弗莱德里克公爵　那你就更可恶了。好了，把他轰出去，
　　　　　　　　吩咐该当负责的官员

1　指从西莉娅和罗瑟琳失踪后，就没见过奥兰多。——译者附注
2　大人：弗莱德里克公爵语带讽刺。——译者附注
3　弗莱德里克公爵怀疑奥列佛已经谋杀了奥兰多。——译者附注

备妥文书抄了他的家和土地。

立刻去办这件事；赶他走。 众人下

第二场 / 第九景

阿登森林[1]

奥兰多上，执一纸

奥兰多　　　　就挂在那儿，我的诗，见证我的爱情。

你，头戴三王冠的夜之女神[2]，请从

苍白的上界，以你贞洁的眼睛，

看顾你的女伴之名[3]：我的命由她掌控。

啊，罗瑟琳！这些树就是我的书，

在树皮上我要书写相思，

让这林子里每一颗探看的眼珠

到处都见到你美善的证词。

跑，快跑，奥兰多，在每一棵树刻下

那美丽、纯洁、无以形容的她。 下

柯林与弄臣试金石上

柯林　　　　您觉得这牧羊人的日子如何，试金石大爷？

试金石　　　说实话，牧羊的，就它本身来说，这种日子挺好的；但

1　余下各场皆发生于此。

2　夜之女神：指狄安娜。三王冠：指狄安娜司掌的三项神职，即月亮、狩猎、贞节。

3　奥兰多视罗瑟琳为狄安娜的女伴。——译者附注

因为这是牧羊人的日子，真是一文不值。因为无人打扰，我很喜欢；但因为与世隔绝，就十分恶劣。而因为是在田野之中，我很满意；但因为不在宫廷，就无聊透顶。因为日子过得俭朴，您[1]瞧，很适合我的性情；但因为不够丰盛，倒尽我的胃口。你有什么哲理吗，牧羊的？

柯林	那倒谈不上，我只知道人病得越重，就越不舒服；要是缺钱财，没本领，不知足，那就失掉三个好朋友了；雨水淋了会湿，火烧了会烫；牧场好羊儿就肥；会有夜晚是因为没了太阳；有人因先天或后天关系而没有智慧，那他可以责怪缺乏良好教养或祖先太笨。
试金石	真是个天才哲学家[2]。进过宫廷没有，牧羊的？
柯林	老实说，没有。
试金石	那你没救了。
柯林	不会吧，希望不会。
试金石	你真的没救了，像那没有烤好的蛋，只有一面熟。
柯林	就因为没进宫？说说您的理由。
试金石	嗯，你要是没进过宫，就没见过好礼仪。要是没见过好礼仪，行为就不知检点，不知检点是罪过，有罪过就得下地狱。你的情况岌岌可危啊，牧羊的。
柯林	才不呢，试金石。乡下人的举止到了宫廷至为可笑，宫廷的好礼仪到了乡下也是同样滑稽。您跟我说，在宫里见面打招呼一定要亲亲手才算数；假如宫里的人换成了

---

1 原文为 you，故译为"您"。在这一场中，试金石与柯林对话时多用"你"（thou），但也有用"您"（you）的。——译者附注

2 天才哲学家（natural philosopher）：natural 指"天生"或"愚蠢"。这句话可能是试金石的旁白，取笑柯林是个傻瓜。——译者附注

牧羊的，那种礼貌就嫌肮脏了。

试金石 拿出证明，别啰唆。快，证明。

柯林 欸，咱们成天摸弄母羊，它们的毛皮，您知道，黏腻得很。

试金石 欸，宫廷里那些贵人难道不流汗吗？羊儿的黏腻就不如人的汗腻来得卫生吗？浅薄，浅薄。来个好一点儿的证明，快。

柯林 还有，咱们的手很粗。

试金石 嘴唇碰到手更容易有感觉呢。还是浅薄。来个更合理的证明，快。

柯林 而且手上常有替羊疗伤的焦油——您要咱们亲吻焦油啊？宫廷贵人的手可是抹了麝香的。

试金石 浅薄无比的家伙！别人若是上好新鲜肉，你这块烂肉只配给虫子吃。跟聪明人学着点儿吧，仔细想想：麝香的出身比焦油还贱，根本是猫[1]分泌出来的脏东西。改进证明吧，牧羊的。

柯林 您的智慧太高雅了，我招架不住。我不吭气了。

试金石 你下地狱也不吭气？愿上帝保佑你了，浅薄的家伙。愿上帝给你开个刀[2]。你真是无知啊。

柯林 大爷，俺[3]是个地道的出力干活儿的。俺挣自己吃的口粮，赚自己穿的衣裳；与人无冤无仇，别人幸福俺不眼红，别人好运俺替他高兴，自己倒霉也就认了；俺最得意的就是看着俺的母羊吃草，小羊吃奶。

---

1 原文为 cat，指 civet cat（灵猫）。柯林与试金石所说的"麝香"为灵猫分泌的灵猫香。——译者附注
2 开个刀好放出无知。——译者附注
3 此段中将主语 I 译为"俺"，表示语意转折。——译者附注

试金石   那又是您犯的一桩罪过了：把母羊和公羊凑在一起，靠畜生交配做营生，替领头羊拉皮条；什么好配的不配，竟出卖十二个月大的小母羊给头上角儿弯弯的老王八公羊[1]去享用。你要是还不为这个下地狱，恶魔就没有看羊的啦。我看你在劫难逃啰。

柯林   来的是年轻的甘尼米少爷，我新女东家的哥哥。

罗瑟琳上，执一纸

罗瑟琳   （念）

"东印一路到西印[2]，
珍宝唯有罗瑟琳。
疾风远传伊佳名，
家喻户晓罗瑟琳。
仕女图像虽可钦，
秀颜唯有罗瑟琳。
别无丽容存于心，
除却美哉罗瑟琳。"

试金石   照这样我可以连续押他个八年的韵——吃饭睡觉时间除外。这就像卖奶油的妇人成行成列去赶集。

罗瑟琳   去你的，傻子！

试金石   你且听着：

公鹿若要献殷勤，
快快去找罗瑟琳。
既然猫儿会发情，
那就别怪罗瑟琳。

1　老王八公羊：中文里有俗话讽称妻子出轨的男人为"王八"；英文里说他们头上会长角。因老公羊头上长角，所以称其为"老王八公羊"。

2　西印：原文为 western Ind (Ind = Indies)，即西印度群岛。

　　　　寒冬棉袄加背心[1]，
　　　　保护瘦弱罗瑟琳。
　　　　收割麦子成束捆，
　　　　车上还有罗瑟琳。
　　　　坚果味美壳儿硬[2]，
　　　　恰似这位罗瑟琳。
　　　　想找玫瑰味芳馨，
　　　　必见带刺罗瑟琳。
　　　　这是胡乱写的打油诗。您何必受它污染呢？

罗瑟琳	闭嘴，无聊的傻子！这是我在一棵树上发现的。
试金石	那棵树真是结了坏果子。
罗瑟琳	我要把它跟您嫁接了，再把它跟欧楂树嫁接。那就会是最早结出果实的果树，您才半熟就烂了，这就是欧楂的本性。
试金石	这是您说的，至于说得聪明不聪明，还得让树林评判。

西莉娅执一字纸上

罗瑟琳	安静！我妹妹来了，还念着什么呢。站一旁去。（二人退至一旁）
西莉娅	（念）

　　　　"这儿为什么是荒漠？
　　　　因为人烟稀少？不对。
　　　　我要每棵树都诉说
　　　　文明的格言与智慧。
　　　　有些慨叹生命短促，
　　　　漂泊流浪转瞬终止；

1　加背心：原文为"加衬里"（lined）。译文为押韵而作此改动。——译者附注
2　壳儿硬：原文为"皮儿酸"（sourest rind）。译文为押韵而作此改动。——译者附注

区区一个手掌宽度

已经量尽你我年日。

有些指出盟约背弃，

朋友之间情义全无。

但在最美丽的树枝，

或是格言结尾之处，

把罗瑟琳之名题签，

遍告所有看到的人，

世间万有的灵秀正典，

上天有意显于一身。

因此对大自然嘱咐：

把所有的优雅美丽

集中充满一个身躯。

大自然立刻去撷提

倾城倾国海伦[1]美貌，

埃及艳后[2]庄严君尊，

阿塔兰塔[3]捷足快跑，

鲁克丽丝[4]贞洁净纯。

天上众神齐聚来构想，

如此这般造就出罗瑟琳，

无论外貌或者是心肠，

都是无比的珍贵可钦。

---

1 海伦（Helen）：引起特洛伊（Troy）战争的古希腊美王后。

2 埃及艳后（Cleopatra）：著名的埃及女王，莎士比亚剧作《安东尼与克莉奥佩特拉》（The Tragedy of Antony and Cleopatra）中的女主角。

3 阿塔兰塔（Atalanta）：希腊神话中善疾走的美女猎手。

4 鲁克丽丝（Lucretia）：传说中的罗马烈妇，遭塔奎（Tarquin）强奸后，自杀以明志。莎士比亚有长诗《鲁克丽丝受辱记》（The Rape of Lucrece）咏此事。

> 这种种厚礼全出于天意，
> 我愿一生当她的奴隶。"

罗瑟琳　（走上前）喔，老天慈悲！您这套爱的布道当真会累死您的教友，您至少该大喊："各位好人，请耐心听！"

西莉娅　怎么回事？走开，朋友们[1]。牧羊人，退后点。——（对试金石）你，跟他走吧。

试金石　走，牧羊的，咱们光荣撤退吧，虽然没有长枪短枪，总还有大包小包[2]。　　　　　　　　柯林与试金石下

西莉娅　你听到这些诗行了吗？

罗瑟琳　哦，有，我全都听到了，还不止呢，因为有些诗行多出了音步，诗行扛不住[3]。

西莉娅　那没关系，可以让音步扛着诗行[4]啊。

罗瑟琳　是啦，但是音步那蹒跚的步履，不靠诗行根本连自己都扛不动，因此就瘸着腿站在诗里。

西莉娅　但你听到自己的名字被挂在、刻在这些树上，难道不觉得奇怪吗？

罗瑟琳　您来之前我已经奇怪好一阵子了。瞧，这是我在一棵棕榈树上发现的。毕达哥拉斯时代，我还是一只爱尔兰鼠的时候[5]，我是记不清了，但从那时起，这还是头一回被

1　指柯林和试金石。

2　长枪短枪：原文为 bag and baggage，统称辎重。大包小包：原文为 scrip and scrippage；scrip 指牧羊人、朝圣者、乞丐随身带的囊袋，scrippage 是试金石临时编的词，用以对应 baggage。

3　英文诗行有固定的音节数，组成音步（foot）。原文每行以 7 个音节为主，但有些行（特别是最后六行）多出一两个音节，所以被罗瑟琳嘲笑。译文以 8 个汉字对应原文的 7 个音节；原文多出几个音节，译文就多出几个汉字。——译者附注

4　"音步"一词在英文中为 foot，该词另有"脚"的意思，故曰"可以让音步扛着诗行"。

5　毕达哥拉斯（Pythagoras）：希腊数学家、哲学家，认为人死后灵魂会转世为动物。莎士比亚时代，英格兰人相信爱尔兰人可以用韵文咒语杀死老鼠。

押韵到这地步。

西莉娅　　您知道这是谁干的吗？

罗瑟琳　　是个男人吗？

西莉娅　　脖子上还挂着您戴过的项链呢。您脸红啦？

罗瑟琳　　请告诉我，是谁？

西莉娅　　啊，天哪，天哪！朋友相见何其难；但是只要一场地震两座山就碰面了。[1]

罗瑟琳　　好啦，到底是谁？

西莉娅　　还不知道？

罗瑟琳　　是啦，我千拜托万拜托，求你告诉我他是谁。

西莉娅　　啊，奇闻，奇闻，前所未有的奇闻！真是奇闻哪，简直奇到无法形容！

罗瑟琳　　我受不了啦！你以为我打扮成男人，就有穿紧身衣裤的人的脾性？再拖延一寸光阴，就好比远到南洋探险那么漫长。求你快快告诉我他是谁，现在就说。我巴不得你有口吃的毛病，好把藏起来的这个人从嘴里吐出来，像窄口瓶子倒酒，不是一下子太多，就是一滴都倒不出来。求你把嘴巴上的软木塞拔掉，好让我吸入你的消息。

西莉娅　　那您会把男人放进肚子[2]里哟。

罗瑟琳　　他是真人吗？是什么样的人？头戴着帽子好看吗？下巴的胡子呢？

西莉娅　　没有，他没几根胡子。

罗瑟琳　　嗯，上帝会送他更多的，只要那人知道感恩。我可以等

1　西莉娅故意颠倒一句俗话：Friends may meet, but mountains never greet.（朋友能会面，山峦不往来。）

2　肚子（belly）：可以指胃（stomach）或子宫（womb）。上一行中罗瑟琳说的"吸入"原文为 drink，在俚语里有"做爱"的意思，因此西莉娅在此处以双关语作答。

他长出胡子，若是你赶紧告诉我是谁的下巴。

西莉娅　　是年轻的奥兰多，把那摔跤师的脚后跟和你那颗心同时扳倒的那个人。

罗瑟琳　　哎呀，再取笑我，就叫魔鬼把你抓去。实话实说，像个闺女。

西莉娅　　说真的，姐姐，是他。

罗瑟琳　　奥兰多？

西莉娅　　奥兰多。

罗瑟琳　　天哪！我这一身紧身衣裤怎么办？你见到他的时候，他在干吗？他说了些什么？他气色怎样？他穿什么衣服？他来这里做什么？他有问起我吗？他住在哪里？他怎么跟你分手的？你什么时候会再见到他？回答我——用一个字。

西莉娅　　那您得先把巨人高康大[1]的嘴巴借给我才行：这年头谁也没那么大的嘴巴，说得出那么大的一个字。要用"是"或"不是"来回答这些细节，比教义问答[2]还困难。

罗瑟琳　　那他知不知道我在这森林，穿着男人的衣服？他是不是精神抖擞，像他摔跤那天一样？

西莉娅　　要回答情人的问题可不容易，好比要数算尘埃，不过且听我怎么发现他，你凝神谛听就更津津有味。我发现他在一棵树下，像一粒橡果。

罗瑟琳　　（旁白？）那可真是天神乔武的树[3]了，竟能掉下这样的果实。

西莉娅　　听我说，好小姐。

1　高康大（Gargantua）：拉伯雷（François Rabelais）小说《巨人传》（Gargantua）中的巨人。

2　教义问答（catechism）：（天主教）用问答方式教授教义的方法。

3　橡树是天神乔武之树。

罗瑟琳	继续说。
西莉娅	他躺在那里，直挺挺，像个受伤的骑士。
罗瑟琳	这光景看着虽然可怜，倒也为土地增色。
西莉娅	命令你的舌头"不许动"，拜托，别总是乱蹦乱跳的。他的打扮像猎人。
罗瑟琳	啊，不妙！他是来杀我心头小鹿的。
西莉娅	我唱歌不需要和音。你害我走调了。
罗瑟琳	您难道不知道我是女人？我想到，就非说不可。亲爱的，往下说吧。

奥兰多与杰奎思上

西莉娅	您害我忘了要说什么。且慢！来的不就是他吗？
罗瑟琳	是他。咱们溜到一边去，仔细瞧他。（二人退至一旁）
杰奎思	（对奥兰多）谢谢您陪伴，不过，说真的，我宁愿是自己一个人。
奥兰多	彼此彼此，不过，按照时尚， 我也谢谢您的陪伴。
杰奎思	再会。咱们尽量少见面吧。
奥兰多	我巴不得我们是陌生人，这样更好。
杰奎思	我请您别再在树皮上写情歌，糟蹋树木。
奥兰多	我请您别再胡乱朗诵，糟蹋我的诗。
杰奎思	罗瑟琳是您情人的名字？
奥兰多	对，正是。
杰奎思	我不喜欢她的名字。
奥兰多	替她取名字的时候，并没有想要讨好您。
杰奎思	她的个子如何？
奥兰多	正好到我心窝那么高。
杰奎思	您的回答都很漂亮。您不会是跟金匠的太太常来往，把

戒指上的金句[1]背下来了？

奥兰多 才不是。我的回答来自普通的画布，您的问题也是从那里钻研出来的吧。[2]

杰奎思 您才思敏捷；我看是用阿塔兰塔的脚后跟做的。您跟我坐下来好吗？咱俩来把咱们的婆娘——这世界，以及诸多苦难痛骂一顿。

奥兰多 在这世上我只骂我自己，我犯的过错我最清楚。

杰奎思 您最严重的过错是爱上一个人。

奥兰多 这个过错，拿您最高尚的德行我也不交换。我觉得您很烦。

杰奎思 说真的，我原是要找一个傻子，却找到了您。

奥兰多 他淹死在河里了。只要往河里看，您就会见到他。

杰奎思 在那里我只会见到我自己的倒影。

奥兰多 我看那不是傻子就是零蛋。

杰奎思 我不再跟您耗了。再会，好心的多情大爷。

奥兰多 我欢送您。别了，好心的忧郁先生。　　　　　杰奎思下

罗瑟琳 我来装个莽撞的小厮对他说话，用这身打扮戏耍他。
——（旁白。对西莉娅）听得见吗，林子里的人？

奥兰多 清楚得很。您有什么事吗？

罗瑟琳 请问您，现在几点钟？

奥兰多 您该问我现在什么时辰，森林里没有时钟。

罗瑟琳 那这林子里没有真心的情人啰，不然每一分钟的叹息，每一点钟的呻吟，都能像时钟一样显示出时间懒惰的脚步。

1　金匠常在戒指内面镌刻训言。

2　穷人用便宜的画布代替昂贵的绣帷，挂在墙上；画布上常有出自《圣经》或神话故事的警句。奥兰多借此反击，讽刺杰奎思陈词滥调。

奥兰多	为什么不是时间快速的脚步？那不是一样说得通吗？
罗瑟琳	才不呢，先生。时间移动，速度因人而异。我来告诉您，时间跟什么人缓缓徐行，跟什么人快步疾趋，跟什么人飞奔疾驰，跟什么人站定不动。
奥兰多	请问，他跟谁快步疾趋？
罗瑟琳	欸，他快步疾趋是跟订了婚的少女，在大喜之日以前。假如这当中只有七天，时间的脚步辛苦，好像七日是七年似的。
奥兰多	时间跟谁缓缓徐行？
罗瑟琳	跟不会拉丁文的牧师和没得痛风的财主。前一位睡得好，因为不会读书，后一位过得快活，因为没有病痛；前一位没有令人形销骨立的学习负担，后一位没有担心穷困潦倒的沉重压力。时间跟这些人缓缓徐行。
奥兰多	时间跟谁飞奔疾驰？
罗瑟琳	跟要上绞刑架的盗贼，因为他尽管放轻脚步，还是觉得自己到达得太快。
奥兰多	时间跟谁站定不动？
罗瑟琳	跟度假中的律师，因为他们在法庭两次开审之间睡觉，那时根本感觉不到时间移动。
奥兰多	您住在哪儿，美少年？
罗瑟琳	跟这位牧羊女，我妹妹，住在这林子边，就像衬裙的花边。
奥兰多	你们是本地人吗？
罗瑟琳	跟您看到的那兔子一样，生在哪儿就住在哪儿。
奥兰多	您的口音纯正，住在这偏乡僻壤的学不来。
罗瑟琳	很多人对我这样说。其实我有个年老修道的叔父教我言谈，他年轻时住在城里。他精通宫廷谈情说爱之道，曾

在那里恋爱。我听过他多次发表议论，反对恋爱。感谢
上帝，我不是女人；他指责天下女人的种种放荡罪行，
与我无关。

奥兰多　您还记得他怪罪女人哪一样主要恶行吗？

罗瑟琳　没有哪一样是主要的。样样都相似，跟半便士的硬币一
样。每一项恶行似乎都罪大恶极，直到出现其他恶行，
跟它不分上下。

奥兰多　请您举几个说说。

罗瑟琳　不行，我的药方只用在病人身上。这林子里有个男人出
没，糟蹋咱们青春的植物，在树皮上刻"罗瑟琳"字样；
在山楂树上挂颂诗，在荆棘上挂哀歌——说真的，全都
是把罗瑟琳这名字当神仙看待。我如果遇见那爱情推销
员，一定好好劝导他，因为他似乎害了相思病。

奥兰多　我就是为爱情神魂颠倒的那个人。求您给我良方。

罗瑟琳　我叔叔说的症状，您都没有啊。他教过我怎么看出哪个
人爱上了女人；我确定您不是那草笼 [1] 里的囚犯。

奥兰多　他说的症状是什么？

罗瑟琳　脸儿瘦削，您没有；黑黑的眼圈，凹陷的眼睛，您没有；
不爱理会别人的神情，您没有；不加修剪的胡子，您没
有——这一点我要原谅您，因为您的胡子根本就像小兄
弟分到的家产 [2]。再有就是您的袜子应该没有绑袜带，您
的帽子没有围帽箍，您的袖口没有扣纽扣，您的鞋子没
有系鞋带，全身上下表明了您失魂落魄，毫不在乎。但
您不是这种人：您衣着整齐完美，似乎爱的是自己，不
是爱上别人。

1　草笼（cage of rushes）：很容易就可以脱身的牢笼。
2　亦即少得可怜。身为家中老三的奥兰多的确没有得到家产。

奥兰多	美少年，但愿我能使你相信我心里有个爱人。
罗瑟琳	使我相信？您不如叫您爱的那人相信吧，我保证要她相信比要她承认来得容易。在这一点上，女人总是心口不一。不过，说真的，把情诗挂在树上，对罗瑟琳夸赞有加的，就是您吗？
奥兰多	小哥，凭着罗瑟琳白皙的玉手，我向你发誓，我就是他，那个不幸的他。
罗瑟琳	可是，您真的如您诗里所说，爱得那么深？
奥兰多	无论写诗或说理，都无法表达有多深。
罗瑟琳	爱情根本就是疯癫，而且，我告诉您，活该像疯子一样，送进暗房鞭打 [1]。他们没有受到这种处罚和治疗，是因为这种疯症太普遍了，连那挥鞭子的也恋爱啦。但我是个专家，能用劝导方式治好这种病。
奥兰多	您可曾用这方式治好过任何人吗？
罗瑟琳	有，一个，就用这方式。我要他把我当成他心中的爱，他的情人，并且安排他每天来向我求爱。那时候的我，只是个阴晴不定的小伙子，伤心、柔弱、善变、渴望、喜爱、傲慢、荒诞、愚蠢、浅薄、花心、以泪洗面、一脸欢颜——各种情绪都有一些，却没有一样是真真实实的，因为男孩子跟女人多半都是这样子：一会儿喜欢他，一会儿讨厌他；时而讨他欢心，时而把他抛弃；此刻为他落泪，下一刻口出恶言。于是我逼迫我那追求者，从为爱情疯狂，变成真正疯狂——也就是，抛弃世俗的一切，躲到一个完全禁欲的角落里。如此这般我治好了他，我也要用这个方式把您的肝脏 [2] 清洗得像羊的心脏一

---

1 这是对待精神病患者的常用方式。
2 一般认为肝脏是感情——特别是爱情——所在之处。

般洁净，没有一点爱情在内。

奥兰多 年轻人，我不要治好这个病。

罗瑟琳 我能治好您，您只要叫我罗瑟琳，每天来我的农舍追求我。

奥兰多 好，以我忠诚的爱保证，我会去。告诉我你的农舍在哪里。

罗瑟琳 跟我回去，我带您去看。一路上您也要告诉我您住在森林何处。咱们走吧？

奥兰多 乐意之至，好青年 [1]。

罗瑟琳 不对，您必须称我为罗瑟琳。——走，妹妹，不走吗？

众人下

第三场 / 景同前

弄臣试金石与奥德蕾上，杰奎思随后上

试金石 快来，好奥德蕾。我会把您的山羊赶来，奥德蕾。怎么说，奥德蕾，我中选了吗？我这平凡的模样儿 [2] 您满意吗？

奥德蕾 您的模样儿？上帝保佑！什么模样儿？

---

1 奥兰多对罗瑟琳的称呼，从"美少年"（pretty youth, fair youth）到"年轻人"（youth），再到"好青年"（good youth），似乎表明他渐渐视她为同等地位的人。——译者附注

2 平凡的模样儿：原文为 simple feature，即 plain appearance。奥德蕾可能误将其理解为 specific part，即 penis（阴茎）。

试金石	我跟你[1]和你的山羊一起在这里，就像那才思最敏捷的诗人，真诚的奥维德，到了哥特人[2]那里。
杰奎思	（旁白）哦，知识摆错地方，比天神住进茅屋[3]还糟糕。
试金石	要是写了诗没人理解，说话风趣没有知己附和，比在小酒馆付大账单更要人命。老实说，老天爷如能把你造得有诗意就好了。
奥德蕾	我不懂什么叫"有诗意"。那是光明正大的言行吗？是老实的东西吗？
试金石	不，老实说，最真实的诗歌最是虚幻。情人喜欢写诗；他们在诗里发的誓，可以说，都是虚情假意。
奥德蕾	那您还希望老天爷把我造得有诗意吗？
试金石	我真的希望啊，因为你向我发誓说你是个循规蹈矩的人。而你若是个诗人，我还能希望你的话是捏造的。
奥德蕾	您不希望我循规蹈矩吗？
试金石	真的不希望，除非你长得丑。规矩结合美貌，有如在糖里加蜂蜜。
杰奎思	（旁白）有内涵的傻子！
奥德蕾	哎呀，我又不漂亮，所以求老天爷让我规规矩矩吧。
试金石	的确，把循规蹈矩赐给丑陋的烂婆娘，好比把上等肉放进脏盘子。
奥德蕾	我可不是烂婆娘，虽然感谢老天爷，我长得丑。
试金石	好吧，为你的丑陋赞美老天爷吧；以后再变成烂婆娘。

1 失望的试金石不再用敬语"您"（you）称呼奥德蕾。——译者附注

2 哥特人（Goths）：在伊丽莎白时代其发音与"山羊"（goats）一词的发音相同。罗马诗人奥维德（Ovid）曾被放逐到哥特人中；遭放逐的奥维德抱怨说，把他的诗读给哥特人听是对牛弹琴。

3 根据奥维德的《变形记》（Metamorphoses），天神乔武曾偕信使神墨丘利（Mercury）扮装下凡，住进农家。

不过，无论如何，我娶定了你，而且为这事已经跟隔壁村子的牧师奥立福·麻帖大人谈过。他答应到林子这里来跟我碰头，让我们结为夫妻。

杰奎思　（旁白）我倒要瞧瞧这场面。

奥德蕾　啊，愿老天爷赐给咱们喜乐！

试金石　阿门[1]！一个胆子小的男人，做这种事大概会畏缩退却，因为这里只有树木没有教堂，只有长角的野兽没有宾客。但是那又怎样呢？要勇敢！长出角来[2]固然可憎，却是无法避免的。有道是：许多人财产多得数不清。没错。许多男人拥有上好的角，多得数不清。嗯，那是他老婆的嫁妆，不是靠他自己的努力[3]。头上长角？正是如此。只会长在穷人头上？不，不。最高贵的公鹿，头上的角跟瘦弱的公鹿的角一样大啊。这么说来单身汉是不是比较有福气？不然。就像周围有城郭的城市要胜过村庄，已婚男人的前额也比单身汉光溜溜的额头来得体面。有自卫能力的远远胜过没有拳脚功夫的，头角峥嵘的也比没长角的珍贵许多。

奥立福·麻帖牧师上

奥立福大人来了。——奥立福·麻帖大人，幸会。您要在这棵树下把我们的事办了，还是要我们跟您到您的小教堂？

奥立福牧师　这儿没有人可以做主把这女人嫁出去[4]吗？

1　阿门（Amen）：祈祷的结束语，表示由衷赞成。——译者附注

2　头上长出角来代表妻子不贞洁，意即中文里的"戴绿帽"。

3　靠他自己的努力：原文为 his own getting，也暗示他的孩子不是他亲生的（getting = begetting，意为"生育子女"）。——译者附注

4　原文为 give the woman。传统上，举行结婚典礼时新娘的父亲负责把女儿交给新郎，这叫 give away。——译者附注

试金石	我不要像领受礼物一般从哪个人手里接过她来。
奥立福牧师	说真的，得有人把她嫁出去，不然这婚姻就不合法。
杰奎思	（走上前）开始吧，开始。我来把她嫁出去。
试金石	午安，这位还没请教大名的好大爷。您好，先生。真是幸会。上回承您相陪，愿神赐福于您。见到您十分高兴。我手头有一件小事要办，先生。不，请把帽子戴上吧[1]。
杰奎思	您要结婚吗，花衫郎？
试金石	先生，公牛有轭，马儿有勒，猎鹰有铃铛，男人自然有欲望。就像鸽子以鸟喙厮磨，结了婚就要嘴唇咬嘴唇。
杰奎思	然而您，是个有教养的，竟跟要饭的一样让一个土包子牧师在树底下证婚？你们该去教堂，找一位能指教你们婚姻意义的好牧师。这个家伙只会把你们粘在一起，像粘护墙板一般，然后你们两个有一个会收缩，像没有干透的木头，扭曲变形。
试金石	（旁白）我其实觉得由他证婚比别人好，因为他大概不会做得合乎礼法，而既然这婚礼不合礼法，我以后就有合理的借口甩掉老婆。
杰奎思	你[2]跟我来，让我指点你。
试金石	走吧，可爱的奥德蕾， 咱们得结婚，不然就成了露水伴侣。 再会了，好奥立福大人。不是—— "啊，亲爱的奥立福，可敬的奥立福，

---

1 请把帽子戴上吧：原文为 pray be covered，可能是杰奎思认为婚礼要开始，因此脱帽表示敬意，而试金石误以为是对他致敬，因而用高傲的口气说话。——译者附注

2 杰奎思从先前的敬语"您"（you）改用长辈对小辈的"你"（thou/thee）称呼试金石。——译者附注

不要把我抛弃”[1]
而是——
“闪一边去，
走开，我告诉你，
我不要你来主婚礼。”
奥立福牧师　　没关系。这些个疯疯癫癫的无赖尽管取笑我，我才不会
因此不干我的本行。

众人分头下

第四场　　/　　景同前

罗瑟琳与西莉娅上

罗瑟琳　　　再别跟我说话。我想哭。

西莉娅　　　那就哭啊，可是总得通情达理想一想，泪水跟男子汉多
不相称。

罗瑟琳　　　可是难道我没有理由哭？

西莉娅　　　理由充分极了。所以就哭吧。

罗瑟琳　　　他头发的颜色属于不老实的那一种[2]。

西莉娅　　　比犹大的稍微靠近棕色一些。我敢说，他的吻是犹大那
一套[3]。

罗瑟琳　　　说实话，他的头发颜色挺好看。

1　引文出自伊丽莎白时代的一首民谣。
2　不老实的那一种：指淡红色。传统上认为背叛耶稣的犹大（Judas）的发色淡红。
3　犹大以亲吻耶稣为暗号，出卖耶稣给祭司长（见《圣经·新约》福音书）。后世以"犹大的吻"
喻指口蜜腹剑。

西莉娅	颜色好极了，大家说这栗色是唯一流行的颜色。
罗瑟琳	他的吻充满圣洁，感觉就像圣餐饼 [1]。
西莉娅	他从狄安娜 [2] 那里买了两片锻造的嘴唇。禁欲守贞的修女亲吻起来都比不上那么严肃正经——简直是冷若冰霜。
罗瑟琳	可是为什么他发誓今天早上要来，却没有来？
西莉娅	哼，当然啦，他的话靠不住嘛。
罗瑟琳	您这么认为？
西莉娅	对，我认为他不是什么扒手或盗马贼，但是，说到他的爱有多诚心，我认为他是空心的，像那加盖的酒杯 [3] 或虫子吃过的坚果。
罗瑟琳	爱情不忠实？
西莉娅	忠实，要是他真爱上了；但我觉得他没有真爱上。
罗瑟琳	您听到过他直截了当发誓他爱上了一个人哪。
西莉娅	彼一时也，此一时也。何况，情人发的誓跟酒保的话一样靠不住，他们都爱报假账。他在这林子里伺候令尊老公爵。
罗瑟琳	我昨儿个遇见公爵，跟他谈了许多。他问我父亲是谁，我告诉他，跟他一般高贵，他笑笑，就让我走了。不过，咱们干吗谈父亲——明明有个叫奥兰多的男人？
西莉娅	啊，可真是了不起的男人！写一手了不起的诗，说一口了不起的话，满嘴了不起的山盟海誓之后又了不起地推得一干二净；他的长矛歪歪斜斜刺不中意中人的心，像个没经验的骑士，马刺只用一边，像高贵的呆头鹅，弄断了长枪。不过，只要是年轻人傻乎乎干的事，都了不起啊。看是谁来啦？

---

1 圣餐饼（holy bread）：基督教圣餐（the Eucharist）中的饼，象征耶稣的身体。

2 此处以狄安娜代表贞节。

3 不用的空酒杯通常加盖。

柯林上

柯林　　　两位主人，你们常常问起
　　　　　　那个悲叹恋爱不顺的牧羊人，
　　　　　　你们见过他跟我坐在草地上，
　　　　　　赞美那傲慢轻蔑的牧羊女——
　　　　　　他的心上人。

西莉娅　　嗯，他怎么了？

柯林　　　如果两位想要看一台好戏——
　　　　　　一方是脸色苍白，真情流露，
　　　　　　另一方涨红了脸，倨傲不屑——
　　　　　　就请稍微移驾，由我来带路，
　　　　　　如果两位想看。

罗瑟琳　　啊，走，咱们过去。
　　　　　　恋爱之人看别人恋爱会得到满足。
　　　　　　带我们去看。你们一定会讲
　　　　　　我在他们戏里抢他们的锋芒。　　　　　　　　众人下

第五场　　/　　景同前

西尔维斯与菲苾上

西尔维斯　好菲苾，别嘲笑我，别那样，菲苾。
　　　　　　就说您不爱我，也别说得那么
　　　　　　尖酸刻薄。随便一个刽子手，
　　　　　　看多了死人，心肠变刚硬，

斧头朝着低垂的颈项落下之前
还要说声对不起[1]。难道您的狠心
超过那一辈子以杀人流血为业的?

罗瑟琳、西莉娅与柯林上,他们退至一旁

菲苾　　　　我才不要当你的刽子手。
我逃避你,因为我不愿伤害你。
你跟我说,我的眼睛会杀人。
真是妙啊,没错,好有道理啊,
眼睛,那最柔最弱的东西,
碰到灰尘就吓得闭上眼帘的,
竟会被称为暴君、屠夫、凶手。
我现在就来狠狠对你皱眉,要是
我的眼睛能伤人,就让它们杀了你。
现在假装昏倒,现在就倒下啊,
要是你做不到,啊,丢人哪,丢人,
别撒谎,说我的眼睛是凶手。
现在让我看我眼睛伤了你哪里。
用一根针划你一下,都会留下
一点伤疤。只消去压一根芦苇,
压过的痕迹都会在手心上
存留一会儿。但现在我的眼睛,
把目光射向了你,却伤不了你,
所以我敢说,眼睛里面没有力量
伤害人。

西尔维斯　　啊,亲爱的菲苾,哪一天——也许就快了——

1　这是伊丽莎白时代刽子手行刑时的惯常做法。

> 您在一张新面孔上见识到爱情的力量，
> 那时您就会感受到爱之利箭造成的
> 无形创伤。

菲苾 不过那天到来之前，
你别靠近我；那天到来时，
尽管嘲笑我，不必可怜我，
就像在那以前我不会可怜你。

罗瑟琳 （走上前）为什么呢，我请问？令堂是谁啊，
您竟会羞辱这个可怜人，
以此为乐？您长得普通又如何？
因为，说实话，我看您哪，不过
就是摸黑上床不点蜡烛[1]那种，
非得因此就高傲无情吗？
咦，这什么意思？您干吗盯着我瞧？
我看您不过是大自然所造的
普通货色。上帝保佑我这条小命，
我看她还有意引诱我的目光呢！
免了吧，真的，大小姐，别妄想。
您的墨色眉毛，您的乌黑发丝，
您的玻璃球[2]眼珠，还有乳黄的脸，
都无法叫我乖顺地爱慕您。
（对西尔维斯）您这位傻牧羊人，干吗缠着她，
像多雾的南风，又是吹风又是飘雨[3]？
您的男性俊容胜过她的女性美貌

---

1 摸黑上床不点蜡烛：言下之意是：免得枕边人看到她的丑陋容貌。
2 玻璃球（bugle）通常为黑色。
3 又是吹风又是飘雨：指西尔维斯又哀叹又流泪。

一千倍。就是有你们这种傻子，
世界上才到处都是难看的小孩。
谄媚她的不是镜子而是您，
从您那儿她看自己十分貌美，
胜过自己五官体态所能展现。
不过，大小姐，要有自知之明。跪下来，
以斋戒感谢上天赐下好男人的爱；
我必须好心凑近您的耳朵说：
能卖就卖，您不是到处都有人要的。
求这男人宽恕，爱他，接受他开的价。
丑八怪还嘲弄人，便是奇丑无比。
你[1]收下她吧，牧羊人。两位再会。

菲苾　　　美少年，我求您骂上一整年。
　　　　　我宁可听您骂，不要听他说好话。

罗瑟琳　　（旁白。或对菲苾）他爱上了您的丑陋——（对西尔维斯）她呢，爱上了我的怒气。果真如此，只要她对你皱着眉头回嘴，我就尖酸地痛骂她几句。——（对菲苾）您干吗盯着我瞧？

菲苾　　　我对您没有恶意。

罗瑟琳　　拜托您别爱上我，
　　　　　我比醉酒时发的誓言还虚假。
　　　　　何况，我不喜欢您。想知道我的住处，
　　　　　就在这附近，橄榄树丛那里。
　　　　　要不要走了，妹妹？牧羊哥，放胆去追她。
　　　　　来，妹妹。牧羊妹，对他好一点，

1　原文为 thee，故译为"你"。——译者附注

	别高傲。尽管世人都看得见你，
	没人像他有眼无珠遭受蒙蔽。
	来，去照顾咱的羊群。 罗瑟琳、西莉娅与柯林下
菲苾	过世的牧羊人，我这才发现你说得对，
	"有谁恋爱不是一见钟情？"[1]
西尔维斯	好菲苾——
菲苾	哈，你要说什么，西尔维斯？
西尔维斯	好菲苾，可怜我吧。
菲苾	嗯，我替你难过，善良的西尔维斯。
西尔维斯	难过之处，必有安慰。
	若是您为我爱的愁苦难过，
	给我爱，您的难过我的愁苦
	两样都消除了。
菲苾	你有我的爱啊。这不是邻居相处之道[2]吗？
西尔维斯	我是要您的人。
菲苾	唉，那可是贪婪[3]啰。
	西尔维斯，我以往恨过你，
	而且现在也并没有爱你，
	但既然你对谈情说爱这么在行，
	有你在身边，过去我很讨厌，
	现在我能忍受，还要托你办事。
	但除了庆幸自己可以替我办事，

1　过世的牧羊人：指马洛（Christopher Marlowe, 1564—1593）。引文出自他所作的描写赫洛（Hero）与勒安得耳（Leander）相恋的叙事诗。

2　《圣经·新约·马太福音》（19:19）："... and 'love thy neighbour as thyself'." 中文和合本译为"又当爱人如己"。

3　"不可贪婪"是基督教十诫中的第十诫，见《圣经·旧约·出埃及记》（20:17）。

你可别指望有其他的报偿。

西尔维斯　　我的爱这么神圣这么完美，

而我又得不到您的恩宠，

所以能够在别人收割之后

捡拾零星的稻麦玉米，我认为

已经是最大丰收了。偶然

对我微笑，就够我活命了。

菲苾　　你认得刚刚跟我说话的年轻人吗？

西尔维斯　　不很熟，但我常遇见他。

他还买下了本来是那个

小气鬼的茅屋和牧场。

菲苾　　可别以为我爱他，虽然我问起他。

他只是个恶毒男孩，但能言善道。

言语又干我何事？但言语也管用，

只要那说的人讨那听的人喜欢。

蛮好看的青年，不是非常好看。

但他的确傲慢，而傲慢得挺合适。

他将来会是个美男子。他最好的

是肤色。他的嘴巴刻薄，

但他的眼睛立刻来安慰。他个儿

并不高，但以他的年龄来说算高的。

他的腿不过尔尔，但也不错了。

他的嘴唇红得很好看，

比起他白里透红的脸庞

更成熟更有活力。这就像是

大红跟淡红之间的差别。

有些女人，西尔维斯，要是她们

跟我一样仔细打量他，难免
几乎会爱上他。不过，我呢，
我不爱他也不恨他。可是
更有理由恨他而不是爱他：
他干吗来斥责我？
他说我眼睛黑，我头发黑，
而且，我现在想起来了，还嘲笑我。
奇怪，我居然没有顶回去。但是
没关系，没有回不表示不能回。
我要写一封信狠狠奚落他，
派你送过去。你肯吗，西尔维斯？

西尔维斯　菲苾，我十分乐意。

菲苾　我这就去写；
内容已经在我心中和头脑里。
我要狠狠痛骂他，只用三言两语。
跟我来，西尔维斯。　　　　　　　　　同下

第四幕

罗瑟琳、西莉娅与杰奎思上

杰奎思	美少年，请让我多认识你一些。
罗瑟琳	听说您是个忧郁的家伙。
杰奎思	的确是。我喜欢忧郁胜过嬉笑。
罗瑟琳	不管哪一样，走极端的都令人讨厌，会被一般人批评，比酒鬼还糟。
杰奎思	嗯，心里难过嘴里不说，挺好的嘛。
罗瑟琳	嗯，那，做根柱子也挺好嘛。
杰奎思	我的忧郁不是学者的那种嫉妒，也不是乐师的那种过度幻想，也不是廷臣的那种妄自尊大，也不是军人的那种野心勃勃，也不是律师的那种工于算计，也不是女士的那种过分挑剔，也不是情人的那种——这一切的总和。我的忧郁自成一格，由多种元素组成，从多种事物提炼而来，说实话还有我旅途中的各种思索；我因为经常冥想，而把自己裹入荒诞不经的哀伤里。
罗瑟琳	原来是旅行家！我敢说，您大有理由哀伤。只怕您是卖了自己的土地去看别人的；见多识广却身无长物，等于饱享眼福却两手空空。
杰奎思	没错，我长了经验。

奥兰多上

罗瑟琳	您的经验使您忧伤。我宁可让傻子逗我开心也不要让经

验使我忧伤，更别提千里迢迢去找它了。

奥兰多   早安，祝你快乐，亲爱的罗瑟琳！

杰奎思   那，失陪了，既然您要用素体诗[1]说话。   （下）

罗瑟琳   再会了，旅行家大人。务必请您讲起话来洋腔洋调，穿上奇装异服，把您的祖国说得一文不值，断绝对故乡的眷恋，几乎要责怪上帝把您的脸造成这副德性；不然我才不相信您坐过平底船[2]呢。[3]——咦，怎么，奥兰多，您这会儿都到哪儿去啦？您还是个情人吗？下回您要是还跟我耍这一套，就别再来见我。

奥兰多   我美丽的罗瑟琳哪，我迟到还没一小时呢。

罗瑟琳   和情人约会还迟到一小时？谈恋爱的时候，如果有谁把一分钟分割成一千份，只要迟到那千分之一分钟，就可以说，小爱神丘比特或许拍了他的肩膀，但我保证他根本没有动心。

奥兰多   请原谅我，亲爱的罗瑟琳。

罗瑟琳   不行，您要是这么姗姗来迟，干脆别来见我。我还不如让蜗牛来追求。

奥兰多   蜗牛？

罗瑟琳   是啊，蜗牛。他虽然慢吞吞，头上可扛着他的房子——这份礼物，我想，您还拿不出来给要娶的老婆吧。更何

---

1 素体诗（blank verse）：或称"无韵体诗"，多为抑扬格五音步诗，通常每行十个音节，偶数音节为重音，不押韵。原文中奥兰多上场的第一句 Good day and happiness, dear Rosalind 即符合素体诗规则，杰奎思才会这样取笑他。——译者附注

2 平底船（gondola）行驶于意大利旅游胜地威尼斯的运河上，是当地特色之一。——译者附注

3 根据这个版本，既然杰奎思说完上一行台词就下场，那么罗瑟琳的这段很长的话是对着杰奎思的背影说的。她故意冷落已经上场跟她打招呼的奥兰多，作为对他迟到的惩罚。——译者附注

况，他随身带着自己的命运。

奥兰多　那是什么？

罗瑟琳　咦，头上那两只角[1]啊，为此你们得感谢你们的老婆，但他是天生就有，这也免得坏了他老婆的名声。

奥兰多　贞洁的女人不会做出这种丑事，我的罗瑟琳是贞洁的。

罗瑟琳　而我就是您的罗瑟琳。

西莉娅　他愿意这样称呼您，可他有个罗瑟琳，比您美着呢。

罗瑟琳　来，向我求婚，向我求婚，我现在心情愉快，很可能会答应。您现在会对我说什么，如果我就是您如假包换的罗瑟琳？

奥兰多　我要先吻你才说话。

罗瑟琳　不行，您最好先说话，等到没词儿了，卡壳了，那时候再把握机会亲吻。一流的演说家接不上话的时候，就吐一口唾沫。至于情人要是——上帝保佑我们！——到了哑口无言的地步，最聪明的办法就是亲吻。

奥兰多　万一求吻被拒呢？

罗瑟琳　那就是她要你苦苦哀求，这样就有了新的话题。

奥兰多　在自己心上人面前，谁会哑口无言呢？

罗瑟琳　哎呀，假如我是您的情人，那就是您哪。否则我的贞节岂非不如我的智慧[2]？

奥兰多　什么，要我输到脱裤？

罗瑟琳　不是要您脱裤，而是要逼您脱稿演出[3]。我不是您的罗瑟琳吗？

1　头上长角表示妻子不贞。
2　罗瑟琳的意思是说，她要靠机智弄得奥兰多无话可说，以保护她的贞节。——译者附注
3　输到脱裤、脱稿演出：原文中奥兰多说 What, [out] of my suit，意指"求爱却说不出话来"（suit = petition），罗瑟琳故意误解为"脱去衣服"（suit = suit of clothes）。

奥兰多	我倒有点喜欢说你就是，这样就可以拿她当话题了。
罗瑟琳	那么，我代表她说，我不要您。
奥兰多	那，我代表自己说，我死了。
罗瑟琳	不行，说真的，找个替死鬼吧。这可怜的世界都快有六千岁了，从来没有哪个男人是自己死的，说白了就是"殉情"。特洛伊罗斯是被一根希腊棒子打出脑浆，而他在此之前也曾寻死觅活的[1]；他还是爱情典范之一呢。勒安得耳呢，就算赫洛去当修女，他也会活得好好的，要不是在那个燠热的仲夏夜，这好小子只是到赫勒斯滂海峡洗个澡，因为抽筋而淹死。当时愚蠢的编史家硬说是为了住在对岸的赫洛。[2]而这些全是骗人的；各个时代都有男人死掉，而后被虫子吃掉，但没有为了爱情的。
奥兰多	我不希望我真正的罗瑟琳有这种想法，因为我敢说，她一皱起眉头，我可能就没命了。
罗瑟琳	我以这只手发誓，她的皱眉杀不死一只苍蝇。好啦，现在我来做您比较顺服的罗瑟琳。随便您要什么，我都答应。
奥兰多	那就爱我吧，罗瑟琳。
罗瑟琳	好，我答应，包括周五周六每一天都爱[3]。
奥兰多	你愿意嫁给我吗？
罗瑟琳	愿意，再来二十个也行。
奥兰多	你说什么？

---

1 特洛伊罗斯（Troilus）是特洛伊王子，被情人克瑞西达（Cressida）抛弃。他在特洛伊战争中死于希腊猛将阿喀琉斯（Achilles）的刀或矛下。罗瑟琳故意说他是被棒子打死，讲得毫无浪漫意味。

2 古希腊神话中，勒安得耳与阿佛洛狄忒（Aphrodite）的女祭司赫洛相恋，他夜夜游过赫勒斯滂海峡与情人幽会，后淹死。罗瑟琳的"抽筋说"也是有意嘲讽浪漫爱情。

3 周五和周六是斋戒日，基督徒不吃肉。罗瑟琳的意思是：她的爱是不容休息间断的。

罗瑟琳	您不是个好样儿的吗？
奥兰多	我希望是。
罗瑟琳	那么，好东西还嫌多吗？来，妹妹，您来当牧师，替我们证婚。让我握您的手，奥兰多。好吗，妹妹？
奥兰多	请你替我们证婚。
西莉娅	我不会说那些话。
罗瑟琳	您得这样开始：您，奥兰多，愿意——
西莉娅	好啦。您，奥兰多，愿意娶这位罗瑟琳为妻吗？
奥兰多	我愿意。
罗瑟琳	好，但什么时候呢？
奥兰多	咦，就是现在，她替我们证婚的那一刻。
罗瑟琳	那您该说：我娶你，罗瑟琳，为妻。
奥兰多	我娶你，罗瑟琳，为妻。
罗瑟琳	我本来该问您凭什么[1]，不过算了，我接受您，奥兰多，为我的丈夫。有个少女不等牧师问就先回答了[2]，当然，女人的意念快过她的行动。
奥兰多	意念都是这样的，长了翅膀嘛。
罗瑟琳	现在告诉我，您占有了她之后，打算跟她厮守多久呢？
奥兰多	一辈子，再加一天。
罗瑟琳	就说"一天"，别提"一辈子"了。不，不，奥兰多。男人求婚的时候像四月天，结了婚就像十二月天。大姑娘还没出嫁时是五月天，当了老婆就变天了。我会吃醋，看管你[3]比柏柏里雄鸽看管雌鸽还严格；会大吵大闹，比

---

1 一来因为没有人担任女方主婚人（通常为新娘的父亲，他负责把她交给新郎），二来因为她自己还没答应。——译者附注

2 牧师应该接着问新娘的意愿，新娘再回答"我愿意"；罗瑟琳自嘲迫不及待。——译者附注

3 在这一段中，罗瑟琳掺杂使用"你"（thee/thou）和"您"（you）称呼奥兰多。译文在人称上与原文保持一致。——译者附注

下雨前的鹦鹉还闹得凶；喜新厌旧超过猩猩；情欲放荡胜过猴子。我会无缘无故流泪，像喷泉里的狄安娜神像，而且是挑您欢喜的时候[1]。我会像土狼那样大笑[2]，而且都是在你想睡觉的时候。

奥兰多	可是我的罗瑟琳会这么做吗？
罗瑟琳	我以生命起誓，我怎么做，她就会怎么做。
奥兰多	啊，但她是个聪明人。
罗瑟琳	不然她哪有这种机灵来做这些事；越聪明，就越任性。紧闭女人的智慧之门，它会从窗扉出去。关上窗扉，它就从钥匙孔出去。堵住钥匙孔，它就随着炊烟从烟囱飞出去。
奥兰多	谁要是娶了这么机灵的老婆，难免要问：机灵，你要往哪儿去啊？[3]
罗瑟琳	不，这句话您且先保留，等您见到尊夫人的机灵要去您邻居的床时再骂不迟。
奥兰多	到那时，机灵有什么机灵来辩解呢？
罗瑟琳	哎呀，就说她是到那儿去找您的[4]。您绝不会抓到她哑口无言的时候，除非您娶的是个没有舌头的。啊，哪个女人没法子把自己的过错算在她丈夫头上，可别让她自己带孩子——她会把孩子教成傻瓜。
奥兰多	罗瑟琳，我现在得离开你两小时。
罗瑟琳	哎哟，好情人，我不能两小时没有你。

1　俗谚云：丈夫难过妻子开心；丈夫开心妻子难过。——译者附注
2　土狼（hyena）的吠声类似笑声。——译者附注
3　原文为 Wit, whither wilt? 这是伊丽莎白时代常说的一句话，意指才思天马行空。
4　亦即：她是因为怀疑丈夫跟邻居的妻子有奸情才去的。因此下文有"把自己的过错算在她丈夫头上"一语。——译者附注

奥兰多	我得去陪公爵吃饭。两点以前，我会回来找你。
罗瑟琳	是啦，您走您的吧，您走您的吧。我早知道您是什么样的人；给我的朋友说中了，我也料到会这样。您花言巧语的舌头打动了我。不就是一个人被甩了吗？好，来吧，死就死吧！两点钟是您说的？
奥兰多	是的，好罗瑟琳。
罗瑟琳	我保证——不是开玩笑，愿上帝帮助我——凭着一切不亵渎神明的美丽誓言发誓 [1]，要是您稍稍违背了承诺，或是比约定的时间晚了一分钟，我就认定您是最卑鄙背信的人，最口是心非的情人，在所有无情无义之人中，最最配不上那位您称作罗瑟琳的。所以要小心我的责备，信守您的诺言。
奥兰多	我会忠心耿耿，把你当作我所爱的真的罗瑟琳一样。再会了。
罗瑟琳	好吧，时间是审判这一类负心人的老法官，就让时间来判决。再见。
	<div align="right">奥兰多下</div>
西莉娅	您这胡说八道的情话，根本就是对我们女人的羞辱。我们应该把您的紧身衣裤掀过您的头，好让世人看看那只鸟怎样搅乱自己的巢 [2]。
罗瑟琳	啊，小妹，小妹，小妹，我可爱的小妹，愿你知道我的爱有多少㖊 [3] 深！但那是无法测度的；我的感情深不见底，就像葡萄牙海湾。
西莉娅	不如说是没有底，您才把感情注进去，它就漏掉啦。

---

[1] 罗瑟琳这一连串的起誓之言都很文雅。——译者附注
[2] 俗语有云：It's an ill bird that fouls its own nest.（弄脏自己窝巢的不是好鸟。）此处的 nest 语带双关，暗指阴道。
[3] 一㖊合六英尺。

罗瑟琳	错了。维纳斯那个可恶的小杂种[1]——起因于发情，受孕于冲动，出生于疯癫——那个瞎眼的捣蛋鬼，因为自己眼睛瞎了就要蒙蔽众人；让他来评断我爱得有多深。我告诉你，阿莲娜，我不能让奥兰多离开我的视线；我要找个树荫去唉声叹气，直到他回来。
西莉娅	我要去睡大觉。

同下

第二场 / 第十景

杰奎思及众贵族扮作森林居民上

杰奎思	是谁杀死这头鹿的？
贵族甲	大爷，是我。
杰奎思	咱们把他呈报给公爵，像罗马的凯旋者。最好还把鹿角戴在他头上[2]，代替胜利的花环。森林的居民哪，这个场合你们无歌可唱吗？
贵族乙	有啊，大爷。
杰奎思	那就唱吧。合不合调没关系，只要热闹大声就好。
	（音乐起，歌）
众贵族	杀了公鹿有啥奖励？
	戴它的角，穿它的皮。

1 小杂种：指丘比特。爱神维纳斯的丈夫是火神和锻冶之神武尔坎（Vulcan），但她和战神玛尔斯（Mars）生下丘比特。一说丘比特之父是信使神墨丘利或众神之王宙斯。

2 男人头上长角（horn）代表妻子不贞，相当于中文里的"戴绿帽"或"当王八"。本剧中屡屡出现这个讽喻。——译者附注

唱歌送他[1] 回家去，

各位老哥一起来[2]。

长角绝不是大辱奇耻，

你的祖先早有这装饰。

你的爷爷戴在头上，

你的老爸也是一样。

角啊角啊，强硬的角，

这玩意儿岂能取笑。 众人下

第三场 / 第十一景

罗瑟琳与西莉娅上

罗瑟琳 您现在怎么说呢？不是都过了两点了？奥兰多连个人影也不见！

西莉娅 我敢保证，他怀着纯洁的爱和满脑子的忧虑，睡他的大觉去了。

西尔维斯上，执一信

瞧，是谁来啦。

西尔维斯 （对罗瑟琳）我是被派来找您的，美少年。

我温柔的菲苾要我送这个给您。

---

1 他：指成功的猎鹿人（参见这首歌的第一行）。——译者附注

2 原文为 The rest shall bear this burden。其中 bear this burden 可以解释为：（1）唱副歌；（2）背负担子（即鹿、鹿角或成功的猎鹿人）；（3）忍受（戴绿帽）。这句话整体的意思是，男人都难免戴绿帽。——译者附注

我不知道内容，但是——她

写这封信的时候，

表情严肃，动作暴躁，我猜

里头的火气不小。对不起，

我只是个无辜的信差。

罗瑟琳　（读信）忍耐女神看了这信也会发飙，

勃然大怒。是可忍，孰不可忍！

她说我不英俊，说我没教养。

她骂我骄傲，说她不可能爱我，

哪怕男人稀罕得像凤凰[1]。天哪！

她的爱情可不是我要猎取的野兔[2]。

她干吗写这个给我？好哇，牧羊的，很好，

这可是您自个儿设计的一封信。

西尔维斯　不，我发誓，我不知道内容。

真的是菲苾写的。

罗瑟琳　算了，算了，您是个呆瓜，

被爱情冲昏了头。

我见过她的手：一双硬皮似的手，

黄褐色的手。我还真以为

她套了副旧手套，可那是她的手。

那是家庭主妇的手[3]——这无所谓。

我说，她根本想不出这样的信；

这是男人想出来的，也是男人的手笔[4]。

1　凤凰（phoenix）：传说中的阿拉伯神鸟，举世独一无二，可活500年，浴火之后重生。

2　野兔（hare）：象征淫欲与繁殖力。——译者附注

3　指因操劳家事而粗糙。

4　手笔（hand）：hand可指手，也可指笔迹。这是罗瑟琳的文字游戏。

西尔维斯	确实是她的。
罗瑟琳	哼，这信的语气凶狠恶毒，
	是挑战的语气。哼，她挑战我，
	像土耳其人[1]挑战基督徒。女人心思温良，
	不可能写出这么粗暴的内容，
	这么"衣索匹亚[2]"的文字，其内容之黑
	更甚于外表。您想听听这封信吗？
西尔维斯	请念吧，我还没听过呢，
	倒是菲苾的狠话听得太多了。
罗瑟琳	她竟对我"菲苾"[3]起来。听这暴君怎么写的：
	（念）
	"你这牧人可是天神化身，
	以致竟能燃烧少女的心？"
	女人会这样骂人吗？
西尔维斯	您说这是在骂人？
罗瑟琳	（念）
	"为什么你把神格抛弃，
	而与女子的心肝为敌？"
	您可听过这样骂人的？
	"多少男人向我示好苦追，
	我不为所动心如止水。"
	说我是禽兽呢。
	"您[4]明亮的眼睛透着鄙夷，

---

1 伊丽莎白时代的人咸信土耳其人是西欧基督教国家之敌。——译者附注
2 衣索匹亚（Ethiope）：即 Ethiopian，比喻黑色（信是用墨写的）与野蛮。
3 指像菲苾对待西尔维斯那样待人，即苛以待人。
4 菲苾在信中掺杂使用"您"（you）和"你"（thou）称呼"甘尼米"。译文在人称上与原文保持一致。——译者附注

尚能激发我心中的爱意，

若是稍稍显露一点温馨，

必能大大感动我的芳心！

您责备我，我还是一样爱您；

您若祈求，我更是有求必应！

替我传送爱意的这个人

不知道我内心情意深深。

请交给他你的回应——

究竟你青春的本性

是否接受我竭尽所能

并且真心献上的供奉；

或是托他拒绝我心愿，

我就会设法自我了断。"

西尔维斯	您说这是在骂人？
西莉娅	唉，可怜的牧羊人！
罗瑟琳	您还同情他？不，他不值得同情。你要爱这种女人？什么，把你当作工具，虚晃欺骗你？受不了！也罢，我看爱情已经把你变成可怜虫，您[1]就回到她那边，这样告诉她吧；若她爱我，我就命令她爱你。若她不从，我绝对不娶她——除非你替她恳求。如果你是个忠实的情人，就赶紧走，别再多说——又有人来了。 西尔维斯下

奥列佛上

奥列佛	午安，俊美的人儿。请问，知不知道， 在这片森林边缘， 哪里有一个橄榄树环绕的牧羊人家？

1　原文为 go your way to her，故译作"您"。——译者附注

西莉娅	从这里往西，在旁边一个山谷底；
	过了潺潺流水旁的一排杨柳，
	在您的右手边就是了。
	不过此刻只有屋子而已，
	里面没有人。
奥列佛	如果眼睛能受益于舌头，
	那我根据描述就该认出两位；
	这种服装、这种年纪："小伙子
	白白的，秀气的脸，举止有如
	大姐姐。那女的个儿小，皮肤
	比她哥哥黑一点。"两位不就是
	我要找的那屋子的主人？
西莉娅	既然问起，我们就不客气地承认了。
奥列佛	奥兰多问候两位，并且对
	他称呼为他的罗瑟琳的那位青年
	送上这染血的手帕。（展示染血的手帕）您就是他吗？
罗瑟琳	我就是。这代表什么意思呢？
奥列佛	代表我的一片羞愧——假如我告诉两位
	我是谁，而这块手帕是怎么样、为什么、
	在哪里染了血。
西莉娅	请您说一说。
奥列佛	年轻的奥兰多跟两位分手时，
	答应过一个钟头[1]以内就会
	回来；他穿过森林，正咀嚼着
	爱情甜蜜又苦涩的滋味，

---

1 第四幕第一场中，奥兰多离开时说的是"我现在得离开你两小时"，与此处所说的"一个钟头"
不符。——译者附注

哎呀，有事了！他向旁边一瞥，
你道是何等的一种景象——
一棵老橡树，枝丫布满陈年苔藓，
有了岁月的干瘪树顶光秃秃；
树下躺着一个熟睡的可怜人，
衣衫褴褛，发须如杂草丛生，脖子上
缠绕着一条金绿色的蛇，
蛇的头快速灵活，不怀好意地挨近
他张开的嘴。但是突然间，
看到奥兰多，它自己松开，
蜿蜒滑行溜进树丛里。
在树丛的林荫下有一头
母狮，奶水全被吸干了，
躺着埋伏，头贴地面，像猫一般守候，
看那睡着的人什么时候起来；
因为狮子生性高贵，不会
猎杀看来好像已死的生物。
见了这光景，奥兰多走近那人，
发现是他兄弟，他的哥哥。

西莉娅	啊，我听他说起过他那哥哥， 是人世间最最没有 天良的人。
奥列佛	那他说的话有理， 因为我很明白他没有天良。
罗瑟琳	回到奥兰多吧。他有没有丢下他， 给那没有奶水的饥饿母狮当食物？
奥列佛	有两次他转过身，打算如此，

　　　　　　　　然而，慈心总是比记恨高贵，
　　　　　　　　天性也强过正当的复仇时机，
　　　　　　　　于是他跟母狮展开搏斗，
　　　　　　　　很快制伏了它；这场打斗
　　　　　　　　把我从倒霉的睡梦中惊醒。

西莉娅　　　　　您是他的哥哥？
罗瑟琳　　　　　他救的人是您？
西莉娅　　　　　您是曾经千方百计要杀他的那个人吗？
奥列佛　　　　　我从前是，现在不是。我告诉两位
　　　　　　　　我的过去，不以为耻，因为我改过自新，
　　　　　　　　成了现在的我，这滋味太甜美了。

罗瑟琳　　　　　但，那染血的手帕呢？
奥列佛　　　　　就要说到了。
　　　　　　　　我们俩浸润在天伦的泪水之中，
　　　　　　　　从头到尾讲了各自的经历，
　　　　　　　　包括我怎么来到那荒野。
　　　　　　　　总之，他领我去见仁慈的公爵，
　　　　　　　　他给我新衣裳，款待了我，
　　　　　　　　把我交给我弟弟照顾；
　　　　　　　　他立刻带我到他的洞窟，
　　　　　　　　在那里脱下衣服，只见他手臂这里
　　　　　　　　被母狮子抓去了一块肉，
　　　　　　　　一直都在淌血；这时他晕倒了，
　　　　　　　　晕倒的时候，喊着罗瑟琳。
　　　　　　　　总之，我救醒了他，包扎他的伤口；
　　　　　　　　过了一会儿，他精神振作了，
　　　　　　　　就打发我来这里——尽管我是陌生人——

诉说这件事，或许两位会原谅

他的失约。他又叫我把这条染了

血的手帕交给牧羊哥，

就是他戏称为他的罗瑟琳的那位。（罗瑟琳晕倒）

西莉娅	哎，怎么了，甘尼米？好甘尼米！
奥列佛	很多人见了血都会昏倒。
西莉娅	没那么简单。甘尼米哥哥！
奥列佛	瞧，他醒过来了。
罗瑟琳	我好想回家。
西莉娅	我们带您回去。——拜托，您扶着他的手臂好吗？

（二人扶罗瑟琳站起来）

奥列佛	振作起来，小伙子。您是男子汉！您缺少男子汉的心。
罗瑟琳	的确，我承认。啊，好小子 [1]，谁都会认为我装得真像！请您告诉令弟我装得有多像。哎哟！
奥列佛	那不是装的。您的脸色就清清楚楚证明您真的昏了过去。
罗瑟琳	假的，我向您保证。
奥列佛	算了吧，那就打起精神，假装是个男子汉吧。
罗瑟琳	我有啊。不过，说实话，按理我该是个女人。
西莉娅	好啦，您脸色越来越苍白了。您就回家去吧。好大人，陪我们去。
奥列佛	没问题，我还得回个口信，说您是否原谅了我弟弟，罗瑟琳。
罗瑟琳	我看看怎么说。可是我请您告诉他我装得有多像。咱们走吧。 众人下

---

1 好小子：原文为 sirrah，可能是罗瑟琳以哥们儿的姿态称呼奥列佛，也可能是指她自己（故作扬扬得意状），还可能只是个感叹词。——译者附注

第五幕

第一场 / 景同前

弄臣试金石与奥德蕾上

试金石　咱们会找到一个时间的，奥德蕾。请耐心等，好奥德蕾。

奥德蕾　说真的，那个牧师也就可以了，不管那位老绅士[1]怎么说。

试金石　奥立福牧师坏透了，奥德蕾。顶可恶的麻帖。不过，奥德蕾，这森林里有个年轻人说您是属于他的。

奥德蕾　是啊，我知道是谁。他对我根本没有所有权。您说的那人来了。

威廉上

试金石　我看到乡巴佬就像看到酒和肉。老实说，咱们这些聪明伶俐的都做了坏榜样。咱们爱取笑别人，憋不住嘛。

威廉　午安，奥德蕾。

奥德蕾　您也午安，威廉。

威廉　也祝您午安，先生。

试金石　午安，高贵的朋友。帽子戴上，帽子戴上。真的，请戴上帽子。您[2]多大年纪了，朋友？

威廉　二十五了，先生。

1　老绅士：即杰奎思，曾劝他们不要找奥立福·麻帖牧师证婚（见第三幕第三场）。
2　在这一场中，试金石掺杂使用"您"（you）和"你"（thou/thee）称呼威廉。译文在人称上与原文保持一致。——译者附注

试金石	年龄正合适。你叫威廉吗?
威廉	叫威廉,先生。
试金石	好名字。出生在这森林里?
威廉	是的,先生,感谢上帝。
试金石	"感谢上帝"。答得好。有钱吗?
威廉	老实说,先生,还过得去。
试金石	"过得去"就好,很好,好极了。但也不算好,只是过得去。你聪明吗?
威廉	是的,先生,我是有几分聪明。
试金石	嗯,说得好。我倒想起了一句老话:傻子自以为聪明,聪明人知道自己傻。没开化的哲学家想吃葡萄的时候,就张开嘴唇把葡萄放进嘴里,意思是说,葡萄是给人吃的,嘴唇是用来打开的[1]。您真的爱这位姑娘?
威廉	真的,先生。
试金石	您的手伸出来[2]。你读过书吗?
威廉	没有,先生。
试金石	那就跟我学这个:有,就是有;在修辞学上有个比方:如果把酒从水杯倒进酒杯里,一个杯满了,另一个杯就空了[3]。古代权威都说"一朴丝[4]"就是"他"的意思。现在呢,您不是一朴丝,因为我是他。
威廉	哪个他,先生?
试金石	少爷,就是那个要跟这女人结婚的他。所以呢,您这位

---

1 试金石说这话,可能是因为威廉(像乡巴佬那样)咧着嘴。——译者附注
2 这句话可能是要让威廉误以为试金石要扮演牧师的角色,为他和奥德蕾证婚。——译者附注
3 亦即试金石和威廉这两个人中只有一人可以娶奥德蕾。——译者附注
4 一朴丝(*ipse*):拉丁文,意思是"他本人"。试金石故意讲威廉听不懂的拉丁文来戏弄他。
   ——译者附注

乡巴佬得弃绝——用白话讲，就是"离开"——这位女性——用普通话讲，就是"女人"——的社交圈——用粗话讲，就是"在一起"。合起来就是：弃绝这位女性的社交圈。否则啊，土包子，你会毁灭。你要是听不懂，意思就是你死定了；或者这么说，我要杀了你，干掉你，不要你活要你死，不让你自由让你当奴隶。我会用毒药对付你，或是用棒子，或是用钢刀；我会找一批人跟你吵吵闹闹，百般侮辱；我会使出阴谋诡计打倒你。我会用一百五十种法子杀死你；所以呢，你就心惊肉跳滚蛋吧。

奥德蕾　　走吧，好威廉。

威廉　　祝您快乐，先生。　　　　　　　　　　　　　下

柯林上

柯林　　俺的家主找您呢。来，走吧，走吧！

试金石　　快走，奥德蕾，快走，奥德蕾。——我就来，我就来。

众人下

第二场　　／　　景同前

奥兰多与奥列佛上，奥兰多用吊腕带吊着胳膊

奥兰多　　您怎么可能刚认识她就喜欢上她？才一见面，您就爱上她？一爱上，就求婚？一求婚，她就答应？您会一直爱她吗？

奥列佛　　别说什么这件事太匆忙，她家穷，认识不久，我求婚太

快，也别管什么她答应得太快。只要顺着我说，我爱阿莲娜。顺着她说，她爱我；同意我俩相亲相爱。这对您好，因为爸爸的房子和他身为爵士的岁收，我都转赠给您；我这辈子就待在这里当个牧羊人。

罗瑟琳上

奥兰多	我同意。你们的婚礼就定在明天。我会把公爵和他乐天知命的追随者全部请来。您去帮阿莲娜预备。瞧，我的罗瑟琳来了。
罗瑟琳	您好，大哥。
奥列佛	您好，漂亮的"妹妹"。
罗瑟琳	啊，亲爱的奥兰多，你把你的心裹在吊腕带里，我看了好心疼！
奥兰多	是我的手臂。
罗瑟琳	我还以为你的心被狮子的爪子抓伤了呢。
奥兰多	我的心的确受伤了，却是被一位小姐的眼睛伤到的。
罗瑟琳	您的哥哥可曾告诉您，他给我看您的手帕时，我是怎么假装晕倒的?
奥兰多	有啊，而且还有比那更料想不到的事呢。
罗瑟琳	啊，我明白您的意思；不过，那是真的。从来没有这么迅速的事，除了两只公羊打斗，以及凯撒大言不惭的"我来了，看见了，征服了[1]"。令兄和舍妹一见面就看上了，一看上就相爱了，一相爱就叹气了，一叹气就问对方是什么原因，一知道原因就想办法解决：这样一阶一阶搭好了结婚梯，两人马上要登梯，免得婚还没结就先上

1　原文为 I came, saw, and overcame。凯撒（Julius Caesar）于公元前 47 年征服本都（Pontus），传给罗马的捷报只有三个字: *Veni, vidi, vici*，常见的英文翻译是 I came, I saw, I conquered。
　　——译者附注

马[1]。两人已经爱得火热，难舍难分，棒子都打不散。

奥兰多　　他们明天就要结婚。我会请公爵参加婚礼。可是啊，从别人眼里看到幸福，何其难受！到了明天，想到哥哥得到了心之所愿，美满幸福，我心头的重担必然会更加沉重。

罗瑟琳　　为什么呢，明天我就不能做您的罗瑟琳吗？

奥兰多　　我不能再靠想象活下去了。

罗瑟琳　　那我就不再拿废话来烦您了。请听我说，我现在是讲正经的。我知道您是晓事明理的君子。我说这话，并非要您因此认为我有见识。我也不是一心要您更尊敬我，只是想稍稍得到您的信任，做对您自己有好处的事，而不是图利于我自己。那么，请相信我有本领做一些奇事。我从三岁起，跟着一位魔法师，他的法力高强，却不是邪门歪道。您若是真心爱罗瑟琳，如您的举止行为所表现的，则令兄迎娶阿莲娜时，您必能娶到罗瑟琳。我知道她现在被逼到何等艰难的处境；假如您没什么不方便的话，我不是不可能在明天把她带到您眼前，一个真实的她，不必担心有任何危险[2]。[3]

奥兰多　　你这话当真？

罗瑟琳　　我以性命发誓，是真的。虽然自称是魔法师，我还爱惜自己的生命呢[4]。因此，穿上最体面的衣服，邀请您的朋

1　马上、上马：原文为 incontinent，此句原文为 they will climb incontinent, or else be incontinent before marriage，其中 incontinent 一语双关：前一个 incontinent 意指"立刻"，后一个 incontinent 则指"按捺不住（性欲）"。

2　"真实的她"指有血有肉的真人，不是靠邪术或巫术召唤来的幻影；若是运用邪术或巫术，则会危及灵魂，所以"危险"。

3　罗瑟琳说这段话时语气不同于以往，节奏变得庄重；她要制造神秘而庄严肃穆的气氛，为戏剧的结局进行铺垫。——译者附注

4　在伊丽莎白时代，行巫术有可能被判死刑。——译者附注

友，因为只要您想在明天结婚，必然能结，而且是跟罗
瑟琳，只要您愿意。

西尔维斯与菲苾上

瞧，我的一个爱慕者和她的一个爱慕者来了。

菲苾　　　小伙子，您对我太过无礼了，

让别人看我写给您的信。

罗瑟琳　　我无礼又怎样？我是故意

要您难堪，对您无礼。

您有个忠实的牧人跟在后头。

看看他，爱他——他崇拜您呢。

菲苾　　　好牧哥，告诉这小伙子什么叫恋爱。

西尔维斯　恋爱就是成天叹气流泪，

像我对菲苾这样。

菲苾　　　像我对甘尼米。

奥兰多　　像我对罗瑟琳。

罗瑟琳　　而我不会对女人这样。

西尔维斯　恋爱就是诚心愿意伺候对方，

像我对菲苾这样。

菲苾　　　像我对甘尼米。

奥兰多　　像我对罗瑟琳。

罗瑟琳　　而我不会对女人这样。

西尔维斯　恋爱就是满脑子的幻想，

全然的热情，全心的渴望，

唯有崇拜、义务、服从，

唯有谦卑，唯有耐心与难耐，

唯有纯洁，唯有考验，唯有尊重，

像我对菲苾这样。

菲苾	像我对甘尼米。
奥兰多	像我对罗瑟琳。
罗瑟琳	而我不会对女人这样。
菲苾	（对罗瑟琳）既是如此，您怎能怪我爱您呢？
西尔维斯	（对菲苾）既是如此，您怎能怪我爱您呢？
奥兰多	既是如此，您怎能怪我爱您呢？
罗瑟琳	您这话是对谁说的？"您怎能怪我爱您呢？"
奥兰多	对那位不在这儿也听不到的她。
罗瑟琳	拜托各位，别再说下去了。这好像爱尔兰野狼对着月亮嚎叫。——

（对西尔维斯）若能帮得上，我愿意帮助您。——

（对菲苾）若有可能，我就会爱您。——

（对众人）明天大伙儿一起来见我。——

（对菲苾）只要我娶女人，我就娶您，而我明天要结婚。——

（对奥兰多）只要我能满足男人，我就能满足您，而您明天会结婚。——

（对西尔维斯）只要您喜欢的能叫您心满意足，我就让您心满意足，而您明天会结婚。——

（对奥兰多）要是您爱罗瑟琳，就得来。——

（对西尔维斯）要是您爱菲苾，就得来。——而我既然不爱女人，我也会来。各位再见了。

我已经吩咐各位了。

西尔维斯	只要我还活着，一定不缺席。
菲苾	我也是。
奥兰多	我也是。

众人下

第三场 / 景同前

弄臣试金石与奥德蕾上

试金石 明天是大喜的日子，奥德蕾，明天咱们就要结婚了。

奥德蕾 我满心渴望有这一天，渴望当个出嫁的女人，但愿这种渴望不算可耻。被放逐的公爵的两个侍童来了。

两侍童上

侍童甲 幸会，尊贵的大人。

试金石 真是幸会了。来，坐，坐，唱首歌吧。

侍童乙 遵命。（他们坐下）坐到中间来。

侍童甲 咱们这就精神抖擞地开口唱吧，不用清嗓子、吐唾沫，或说什么嗓子哑，声音难听的人最爱用这些开场白。

侍童乙 没错，没错。咱俩异口同调，像两个吉卜赛人同骑一匹马。

（歌）

看那情郎和小姑娘，
　嘿呀嗨啊，嘿嗒呢嗒，
走过那青青麦田香，
　春的季节，正好订婚约，
鸟儿欢唱，嘿，叮啊叮。
　情侣爱听春的声音。
赶紧把握这个季节，
　嘿呀嗨啊，嘿嗒呢嗒，
因为爱情完美无缺，

在这季节，……

那麦田中间的田埂上，
　嘿呀嗬啊，嘿喏呢喏，
村姑和村哥都过去躺，
　在这季节，……

在那个时刻唱这支小曲，
　嘿呀嗬啊，嘿喏呢喏，
诉说人生如花，很快过去，
　在这季节，……

试金石　　说真的，年轻的先生，虽然这首歌的歌词也没啥大意
　　　　　思，这调子挺不和谐呢。

侍童甲　　那您就错了，大爷。咱们唱得合拍，没有掉拍子。

试金石　　老实讲，有。听了这么愚蠢的歌，我算是拍掉了光阴。
　　　　　再见了，两位，愿上帝修补你们的嗓子。走吧，奥德蕾。

众人下

第四场　　/　　第十二景

老公爵、阿米恩斯、杰奎思、奥兰多、奥列佛、西莉娅上

老公爵　　奥兰多，你相信那个男孩
　　　　　所保证的，他都做得到吗？

奥兰多　　我有时相信，有时不相信，像那

明知自己担心希望会落空的人。

罗瑟琳、西尔维斯与菲苾上

罗瑟琳	请再忍耐一下，咱们把条件说个清楚。
	（对老公爵）您是说，如果我把您的罗瑟琳带来，您就要把她许配给这位奥兰多？
老公爵	我愿意，巴不得有许多王国给她当陪嫁。
罗瑟琳	（对奥兰多）而您是说，我把她带来了，您就要娶她？
奥兰多	我愿意，即使我是万国的君王。
罗瑟琳	（对菲苾）您是说，我若愿意，您就要嫁给我？
菲苾	我愿意，即使嫁后一小时我就死掉。
罗瑟琳	但是如果您拒绝嫁给我， 您就要嫁给这位最忠诚的牧羊哥？
菲苾	是这样说好的。
罗瑟琳	（对西尔维斯）您是说，只要菲苾愿意，您就要娶她？
西尔维斯	哪怕娶她跟去死是同一回事。
罗瑟琳	我答应过会把这一切都办妥。
	您得言而有信哦，公爵，把令爱嫁出去；
	您也是，奥兰多，要娶他的千金。
	您得言而有信，菲苾，说好了嫁给我；
	但要是拒绝了我，就得嫁这位牧羊哥。
	您得言而有信，西尔维斯，娶她哟，
	要是她拒绝了我。我现在离开此地，
	以解决所有这些疑团。

罗瑟琳与西莉娅下

老公爵	这个牧童真让我想起了 我女儿的容颜，的确有些相像呢。
奥兰多	大人，头一回见到他的时候， 我还以为他是令爱的兄弟呢。

可是，好大人，这男孩生长在森林，
从他叔父那里学了许多
危险法术的入门知识。据他说
他叔父是个了不起的魔法师，

弄臣试金石与奥德蕾上

隐居在这森林圆圈 [1] 里。

杰奎思 一定是又要有大洪水了，所以这些成双成对的来登方舟 [2]。现在来了一对 [3] 怪兽，人人都说是傻子。

试金石 谨向各位致敬问安！

杰奎思 我的好大人，欢迎他来吧。这位就是我在林子里常常遇到的花脑大爷。他发誓在宫廷待过呢。

试金石 哪个人要是不信，就请他来盘问吧。我也跳过端庄的宫廷慢舞，也奉承过贵妇，也曾跟朋友来阴的，也假意奉承过死对头，也曾毁了三个裁缝师 [4]，也吵过四次架，有一次还几乎干起来呢。

杰奎思 那后来是怎么收拾的呢？

试金石 哎呀，我们见了面，发现争执已经到了第七条规则。

杰奎思 什么第七条规则啊？好大人，可要爱这家伙。

老公爵 我挺喜欢他的。

试金石 愿上帝赏赐您，大人，我渴望您的宠爱。我挤进这里，大人，加入其他想结婚的乡下人，先立下山盟海誓再翻脸不认，因为婚姻结合的情欲会拆散。一个穷人家的闺

---

1 圆圈（circle）：意为"范围"，但也可能暗指施有法术的圆圈，保护魔法师念诵咒语之时不受妖魔侵害。

2 《圣经·创世记》（7:1–4）记载，上帝要以洪水灭绝恶人，预先告诉挪亚（Noah）制作方舟，率领家属及各类动物登舟。——译者附注

3 一对：上帝指示挪亚，洁净的动物各带七对，不洁的只带一对。——译者附注

4 指定做衣服不付账，害裁缝师破产。当时廷臣的穿着讲究，价钱很贵。

女，大人，长得也丑，大人，但却是属于我的；可怜我这副怪脾气，大人，人弃我取。宝贵的贞节就像守财奴，住在破旧屋子里，如同我们见到的珍珠原是藏在腥臭的蚌壳里。

老公爵	嘿，他果真是反应机敏，出口就是格言呢。
试金石	是傻子射箭[1]，大人，中箭的还觉得舒服。
杰奎思	还是讲讲那第七条规则吧。你们是怎么发现争执到了第七条规则的？
试金石	就是一句谎言扯上七次——您的体态要端庄一点，奥德蕾——这么说吧，大人：我表示讨厌某一位廷臣胡子修剪的样式。他传话给我，说如果我嫌他的胡子剪得不好，他倒觉得剪得很好：这叫作"客气的回应"。假如我又传话给他说剪得不好，他会传话给我，说他爱怎么剪就怎么剪：这叫作"委婉的反驳"。假如我还说剪得不好，他会说我没有判断力：这叫作"刻薄的答复"。假如还说是剪得不好，他会说我没有讲实话：这叫作"大胆的谴责"。假如还说是剪得不好，他会说我撒谎：这叫作"正面的交锋"。如此这般，演变到"间接的谎言"和"直接的谎言"。
杰奎思	那您说了几次他胡子剪得不好？
试金石	我不敢跨越"间接的谎言"，而他也不敢宣称我说了"直接的谎言"，于是我们量过剑的长短[2]，就分手了。
杰奎思	现在请您依序把这谎言的等级说一遍好吗？
试金石	啊，大人，咱们的争执都是按照书本所制定的规则进

1　俗语有云：a fool's bolt is soon shot，字面意思是"傻子的箭一下子就射出去"，意指傻子的机智只是短短一时，而且常常并不准确。

2　这是以剑决斗的第一道程序，避免剑有长短。——译者附注

行，就像你们也有礼仪大全一样。我来把等级说一遍：
第一，客气的回应；第二，委婉的反驳；第三，刻薄的
答复；第四，大胆的谴责；第五，正面的交锋；第六，
间接的谎言；第七，直接的谎言。除非到了直接的谎言，
这一切都不至于要决斗，而就算到了那一级，也可以用
个"如果"来避免。我知道曾经有七位法官无法摆平
一件争执，但是，当争吵的双方自己见了面，其中一方
只不过想出了一个"如果"的点子——也就是"如果您
这么说，那我就这么说"——两人竟然就握手言和，还
结成拜把子兄弟呢。"如果"这个词儿是唯一的和事佬。
"如果"的本事大得很。

杰奎思　　　　这个家伙堪称一绝吧，大爷？他只是个傻子，却什么都
在行。

老公爵　　　　他拿"傻"当作障眼法，躲在背后发射他的才智。

亥门[1]、罗瑟琳与西莉娅上。柔和的音乐起

亥门　　　　　上界的神明笑盈盈，

下界的纠葛都理清，

天下太平。

好公爵，快快迎接令爱，

亥门从天庭送她过来，

没错，送她到森林，

让你将她的手儿往他的放，

她的心儿早已入他的胸膛。

罗瑟琳　　　　（对老公爵）我把自己献给您，因为我属于您。——

（对奥兰多）我把自己献给您，因为我属于您。

1　亥门（Hymen）是罗马神话中的婚姻之神。

老公爵	如果我没看错，您[1]是我的女儿。
奥兰多	如果我没看错，您[2]是我的罗瑟琳。
菲苾	如果我没看错，而您的形体是真， 那就永别了，我的心上人！
罗瑟琳	（对老公爵）我不会有父亲，如果他不是您。—— （对奥兰多）我不会有丈夫，如果他不是您。—— （对菲苾）我也不会娶女人，如果她不是您。
亥门	安静啦！不许乱成一团； 我来负责把这种种怪诞 情节，画下完美的句点。 这里八位男女手手相牵， 让我喜神亥门两两配对， 如果真相不假带来快慰。—— （对奥兰多与罗瑟琳）您和您永远不弃不离；—— （对奥列佛与西莉娅）您和您永远心心相依。—— （对菲苾）您必须接受他的爱情， 否则女人会做您夫君。—— （对试金石与奥德蕾）您和您注定要在一起， 就像风雪跟定了冬季。—— 大家快唱颂歌庆祝新婚， 有什么怀疑请尽管发问， 弄清楚才不会那么惊奇 我们怎相逢，事情怎了局。 （歌）

1 老公爵以敬语称呼自己的女儿，可能是还不敢确认她的身份。——译者附注
2 自从甘尼米"扮演"罗瑟琳以来，这是奥兰多第一次以敬语"您"（you）称呼她。——译者附注

> 婚姻是天后朱诺[1]的冠冕，
>
> 何等幸福啊，同食又同眠！
>
> 亥门所到处，人丁多兴旺；
>
> 婚约非小可，谨守不可忘。
>
> 大城或小镇，荣耀尊贵名，
>
> 都要归于我，大喜神亥门！

老公爵　　　（对西莉娅）啊，亲爱的侄女，我欢迎你！

　　　　　　欢迎，就像我的亲生女。

菲苾　　　（对西尔维斯）我不会反悔，现在只要你；

　　　　　　你的忠诚我的爱情合而为一。

二哥贾奎斯·德·布瓦上

贾奎斯　　　请各位听我讲几句话：

　　　　　　我是老罗兰爵士的次子，

　　　　　　报以下消息给这场盛会。

　　　　　　弗莱德里克公爵，听说每一天

　　　　　　都有贤达人士投奔这森林，

　　　　　　便调集了大军，亲自率领，

　　　　　　已经出发，决意来捉拿

　　　　　　他的哥哥，要处死他。

　　　　　　他来到这片野林的边缘，

　　　　　　遇见一位潜心修道的老者，

　　　　　　与他交谈之后，改变了心意，

　　　　　　既不再来攻，也放弃俗世，

　　　　　　把他的王冠留赠遭罢黜的兄长，

　　　　　　所有土地也发还跟他一起

1　朱诺是罗马神话中的天后，司职庇佑妇女及保护婚姻。

流亡的大人。我以生命担保，
这都是事实。

老公爵　欢迎你，年轻人。
你给你兄弟送来祝婚的大礼：
一位[1]重获被没收的土地，另一位
得到全部的土地——一个大公国[2]。
首先，在这林子里，让我们完成
已有美好开始的美好构想。
然后，这些幸福的人，每一位
与本爵一同熬过艰苦日夜的，
都要按照各人的身份地位，
分享本爵失而复得的幸运。
现在呢，且搁下新降临的尊贵，
加入这下里巴人的欢会。
奏乐吧！各位新娘和新郎
同来翩翩起舞，喜气洋洋。[3]

杰奎思　大人，且慢。假若我没听错，
公爵已经在过修行的生活，
抛开了华丽讲究的宫廷？

贾奎斯　正是。

杰奎思　我要去找他。像这样的转变
必有值得听闻学习的真义。——
（对老公爵）您：我祝福您恢复过去的尊荣，
您的耐性您的德行受之无愧。——

1　指他的大哥奥列佛。——译者附注
2　老公爵的意思是奥兰多做了他的女婿，未来要继承公爵爵位与领地。——译者附注
3　老公爵这段话的最后四行是对句，预示戏的结束，却没想到杰奎思另有打算。——译者附注

（对奥兰多）您：您的忠诚理应拥有爱情。——
（对奥列佛）您：重获您的家园、爱情和亲友。——
（对西尔维斯）您：长久享受应得的床笫之乐。——
（对试金石）您：吵吵闹闹去吧，你的[1] 爱情航程
只有两个月的粮食。好了，各位去开心。
我要追求的可不是歌舞欢欣。[2]

老公爵　　留下来，杰奎思，留下来吧。

杰奎思　　看人娱乐，我不干。您有任何要求，
我会在您遗弃的洞穴里等候。[3]　　　　　　　　　　下

老公爵　　进行吧，进行。——开始咱们的仪礼，
（众人跳舞）相信一定会结束得欢欢喜喜。[4]

除罗瑟琳外众人下

罗瑟琳　　女士出面念收场白并不流行[5]，但也不会比男士念开场白
低俗啊。如果好酒真的不需要招牌，那么好戏也真的不
需要收场白。然而好酒总是有好招牌，好戏借着好收场
白就好上加好。那我现在成了什么样儿了呢——既不会
念好收场白，也不会为这一出好戏巴结好各位。我用的
方法是真心去恳求，并且从女士们开始。女士们哪，我
拜托你们，为了你们对男人的爱，多多喜欢这出戏吧。
男士们哪，我也拜托你们，为了你们对女人的爱——瞧
你们那副傻笑的样子，我知道你们谁也不恨女人——

1　原文为 thy，故译为"你的"。——译者附注
2　杰奎思这段话以对句结束，表示他去意已决。——译者附注
3　杰奎思的下场诗也以对句结束。——译者附注
4　老公爵再次以对句结束这一场戏。——译者附注
5　伊丽莎白时代早期的剧本中未见有女士念收场白的，罗瑟琳可能是第一位。——译者附注

愿你们和女人之间，能满意这演出 [1]。如果我是个女人 [2]，我愿意亲吻你们之中所有胡子讨我喜欢的，长相我喜爱的，吐出的气息我不讨厌的。我确信，由于我这善意的奉献，只要是胡子好看、脸儿英俊或口气芳香的，当我屈膝致谢的时候，都会以掌声相送。　　　　　　　下

1　这演出（the play）既指刚演完的这出《皆大欢喜》，也指男欢女爱的戏。
2　在伊丽莎白时代的戏剧里，女角均由男童伶着女装扮演。

谈情·说爱

——《皆大欢喜》译后记

彭镜禧

辅仁大学讲座教授／台湾大学名誉教授

试金石 世上的情人因他们的愚昧而显出人性。

——（第 2 幕，第 4 场，43 页）

《皆大欢喜》的剧情从兄弟阋墙开始：老公爵已经被弟弟篡位、放逐，住在森林里；贵族奥兰多为躲避长兄奥列佛的追杀而逃往森林。接近剧终时，篡位的弟弟突然奇迹般放下一切，把爵位还给哥哥；奥列佛也因为奥兰多的仁慈感动悔悟。首尾之间，穿插了许多对人情冷暖、自然环境、宫廷乡野的观察与思考，内容十分丰富。

但这出戏的主角是爱情。通过罗瑟琳与奥兰多、西莉娅与奥列佛、菲苾与西尔维斯、试金石与奥德蕾这四对男女从恋爱到成婚的过程，莎士比亚向他的观众谈情、说爱，揭露世间情爱的多种层面。

试金石原是宫廷中的弄臣，每每仗着自己见多识广作弄森林里的牧人。他戏耍牧羊女奥德蕾的追求者威廉，横刀夺爱（第 5 幕，第 1 场）。然而他的爱其实是"欲"。老实忠厚的奥德蕾问他："您不希望我循规蹈矩吗？"试金石回答："真的不希望，除非你长得丑。规矩结合美貌，有如在糖里加蜂蜜。"（第 3 幕，第 3 场，74 页）更糟糕的是，他存心不良。

他原先请乡下的麻帖牧师证婚，杰奎思建议他"找一位能指教你们婚姻意义的好牧师"，他心里嘀咕着说："我其实觉得由他证婚比别人好，因为他大概不会做得合乎礼法，而既然这婚礼不合礼法，我以后就有合理的借口甩掉老婆。"（第3幕，第3场，76页）他自己向老公爵解释自己来结婚的理由时竟然说："……我挤进这里，大人，加入其他想结婚的乡下人，先立下山盟海誓再翻脸不认，因为婚姻结合的情欲会拆散。"（第5幕，第4场，112-113页）

　　牧羊人西尔维斯痴恋牧羊女菲苾。菲苾拒他于千里之外，偏偏一见到罗瑟琳假扮的甘尼米就迷上"他"。菲苾引用马洛（Christopher Marlowe）的诗句自我解嘲："有谁恋爱不是一见钟情？"（第3幕，第5场，83页）她接着欺骗、利用西尔维斯，托他递送情诗给甘尼米，还说"但除了庆幸自己可以替我办事，/ 你可别指望有其他的报偿。"（第3幕，第5场，84页）可怜的西尔维斯不仅心甘情愿，甚至卑微地感恩："能够在别人收割之后 / 捡拾零星的稻麦玉米，我认为 / 已经是最大丰收了。偶然 / 对我微笑，就够我活命了。"（第3幕，第5场，84页）奥兰多在诗中自言"愿一生当她[罗瑟琳]的奴隶"（第3幕，第2场，65页）；此言恰好应验在西尔维斯身上。

　　西莉娅则是另一种爱情经历。她一路与堂姐罗瑟琳相伴，似乎情窦未开。她甚至认为罗瑟琳"胡说八道的情话"根本就是对女人的羞辱。罗瑟琳说："我不能让奥兰多离开我的视线；我要找个树荫去唉声叹气，直到他回来。"西莉娅冷冷地回答："我要去睡大觉。"（第4幕，第1场，93页）令人始料未及的是，改过自新的奥列佛一出现，两人很快滋生爱苗，立刻要闪电式结婚。对此，罗瑟琳有一段精彩的"结婚梯"点评：

　　……从来没有这么迅速的事，除了两只公羊打斗，以及凯撒大言不惭的"我来了，看见了，征服了"。令兄和舍妹一见面就看上了，一看上就相爱了，一相爱就叹气了，一叹气就问对方是什么原因，一知道原因就想办法解决：这样一阶一阶搭好了结婚梯，两人马上要登梯，免得婚还没结就先上马。两人已经爱得火热，难舍难分，棒子都打不散。（第5幕，第2场，105—106页）

这也是一见钟情的例子。

第四对最出色，也最重要，是罗瑟琳与奥兰多。他们在奥兰多赢得摔跤比赛的时候互相爱上对方（又是一见钟情），但随即分离，直到两人都逃奔到森林才重逢。此时改扮为大男孩甘尼米的罗瑟琳在奥兰多面前固然有口难言，奥兰多也无法认出罗瑟琳。聪明的罗瑟琳于是要奥兰多把她"当作"罗瑟琳追求。这种替代式的做法，不仅暂时满足了两人情感的需求，更给了罗瑟琳对恋爱大发议论的机会。"爱情根本就是疯癫，"她对那为爱痴狂的奥兰多说。恋爱中的人就像她扮演的那样"阴晴不定"：

> 伤心、柔弱、善变、渴望、喜爱、傲慢、荒诞、愚蠢、浅薄、花心、以泪洗面、一脸欢颜——各种情绪都有一些，却没有一样是真真实实的，因为男孩子跟女人多半都是这样子：一会儿喜欢他，一会儿讨厌他；时而讨他欢心，时而把他抛弃；此刻为他落泪，下一刻口出恶言。（第3幕，第2场，72页）

这样的扮演，如实道出了情人之间的真相。相对于奥兰多毫无掩饰的浪漫情怀，罗瑟琳借着乔装的身份，浇他冷水："这可怜的世界都快有六千岁了，从来没有哪个男人是自己死的，说白了就是'殉情'。……各个时代都有男人死掉，而后被虫子吃掉，但没有为了爱情的。"（第4幕，第1场，89页）

尽管男人不值得完全信任，罗瑟琳还是无法自拔于爱情深渊。当西莉娅对她的言行表示不屑的时候，罗瑟琳以近乎哀求的口吻说："啊，小妹，小妹，小妹，我可爱的小妹，愿你知道我的爱有多少哕深！但那是无法测度的；我的感情深不见底，就像葡萄牙海湾。"（第4幕，第1场，92页）她把自己的盲目归咎于"起因于发情，受孕于冲动，出生于疯癫"的小爱神丘比特：那个"捣蛋鬼，因为自己眼睛瞎了就要蒙蔽众人"（第4幕，第1场，93页）。其实，早在第3幕第4场，罗瑟琳有一句台词，已表露出爱情的魔力：

> 我昨儿个遇见公爵，跟他谈了许多。他问我父亲是谁，我告诉他，跟他一般高贵，他笑笑，就让我走了。不过，咱们干吗谈父亲——明明有个叫奥兰多的男人？（78页）

有了情人，就忘了父亲——她原是来森林找他的，现在却抛开初衷。爱情，原来可以如此轻易地改变一个人！

全剧中，罗瑟琳的爱情语录几乎俯拾即是，信手拈来。且看以下这段精彩的对白：

罗瑟琳　……男人求婚的时候像四月天，结了婚就像十二月天。大姑娘还没出嫁时是五月天，当了老婆就变天了。我会吃醋，看管你比柏柏里雄鸽看管雌鸽还严格；会大吵大闹，比下雨前的鹦鹉还闹得凶；喜新厌旧超过猩猩；情欲放荡胜过猴子。我会无缘无故流泪，像喷泉里的狄安娜神像，而且是挑您欢喜的时候。我会像土狼那样大笑，而且都是在你想睡觉的时候。

奥兰多　可是我的罗瑟琳会这么做吗？

罗瑟琳　我以生命起誓，我怎么做，她就会怎么做。

奥兰多　啊，但她是个聪明人。

罗瑟琳　不然她哪有这种机灵来做这些事；越聪明，就越任性。紧闭女

	人的智慧之门，它会从窗扉出去。关上窗扉，它就从钥匙孔出去。堵住钥匙孔，它就随着炊烟从烟囱飞出去。
奥兰多	谁要是娶了这么机灵的老婆，难免要问：机灵，你要往哪儿去啊？
罗瑟琳	不，这句话您且先保留，等您见到尊夫人的机灵要去您邻居的床时再骂不迟。
奥兰多	到那时，机灵有什么机灵来辩解呢？
罗瑟琳	哎呀，就说她是到那儿去找您的。您绝不会抓到她哑口无言的时候，除非您娶的是个没有舌头的。啊，哪个女人没法子把自己的过错算在她丈夫头上，可别让她自己带孩子——她会把孩子教成傻瓜。

（第 4 幕，第 1 场，90-91 页）

这段"婚姻辅导"，紧跟在两人"戏演婚礼"之后发生，意义更为重大。当然，罗瑟琳不是在预告自己婚后会出轨；她要的是全然的尊重。机智灵巧、反应敏锐的罗瑟琳是不受拘束也无法被约束的；她远远跨越时空，成为现代女性。通过她，以及剧中诸多角色，莎士比亚对爱情作了相当全面的刻画，胜过他自己其他的爱情喜剧。